我在冥府當心理諮商師

4

作者 雙慧 插畫 肚臍毛

目錄

【楔子】他的她與他的她

這是一個艱難的決定，不管是對請託的人而言，還是對他而言。

「拜託你了，請救救她。她在這個世界上已經很痛苦了，請不要讓她用更痛苦的方式活著。我什麼都願意做……」

或許是因為他在「他」身上看到自己的影子吧？畢竟當年他也是不惜一切代價與後果，只求最珍愛的「她」能夠平安快樂地活著。

可是，當年他親手救出「她」這個行為，只造成了「她」更痛苦的人生與結局。

他不希望有人像自己那般悔恨過往的決定，可同時他又能夠深刻理解請託人急切的心情。

「倒是冥府那群混帳，竟然收了一個人類乾妹妹？他們是嫌最近和平盛世太無聊了嗎？」他喃喃道。轉念一想，以現在的年齡來看，他還得喊那位「殿主的乾妹妹」一聲「姊姊」就是了。但是叫「姊姊」太肉麻了。現在年齡還小，亂叫陌生人「姊姊」還不會被白眼，以後長大成人了再叫「姊姊」說不定會被認為是變態。

手機來了新訊息，是方才的請託人傳來的，請託人的「她」。

簡佳芬　17歲　泰平大學附設醫院　小兒科加護病房第五床

簡佳芬……嗎？怎麼喊她比較好呢？佳芬？佳芬姊姊？佳芬姊……這個唸起來好像挺順口的。

就這麼決定了。他把自己籠罩在白色的火光中，嘴裡不忘練習等等的自我介紹。

「佳芬姊妳好，我是——」

【第十九章】

正常／反常

「簡小姐，真的很謝謝妳——」

一把女聲真摯地說。

「這一切都要感謝簡小姐。」

一把男聲發自內心地說。

當我回頭的時候，卻只看見如夏日螢火蟲般的點點綠光在黑暗中閃爍。

我怎麼也抓不住，怎麼也抓不住……

身周的綠光越來越多，逐漸將我淹沒。我能聽見每一點綠光的低語，他們的低語充滿了感激，彷彿我拯救了他們一般。

不，事實與此恰恰相反。

「謝謝簡小姐……」

「簡小姐，妳真不愧是我們的心理諮商師……」

——他們都化成了綠色的光點。

「簡小姐！」

「簡小姐——」

「簡小……」

「學姊！」

我猛地回神，眼前不再有綠色的光點，而是如冥官一般臉孔姣好的直屬學妹，她的眼中透著擔憂。

「學姊妳還好嗎？剛剛智雅學姊在找妳，叫妳好幾聲了。」

我瞪大雙眼用誇張訝異的表情掩飾自己的走神，「有喔？慘了，我上個月該不會真的去撞到頭，聽力有受到影響吧？妳有推薦的神經內科醫師嗎？」

「學姊，」彥霓的口氣有點嚴肅：「妳自從上次意外之後就怪怪的。」

「可能真的有撞到頭吧……」為了避免彥霓繼續問下去，我趕緊含糊地說了一聲「我去找智雅學姊」然後就小跑步離開彥霓身邊。

怎料，智雅學姊見我接近後一樣是一副憂心的臉，「佳芬，妳還好嗎？」

怎麼每個人都問我這個問題啊！就算我真的不好，我也不能說給你們聽啊！

我是要怎麼開口說我在冥府做心理諮商，做到兩名個案因為我的諮商消散？

「智雅學姊，我真的沒事，你們都太擔心了。」我盡量有朝氣地說，只希望看起來不會像苦笑。尤其在面對智雅學姊的時候，演戲更要演得到位。

賴智雅學姊是位很資深的急診護理師，平時對我們這些學妹就很嚴格。以她的年資，當護理長都沒有問題，只是對急診的工作很有熱忱加上嫌行政很煩，所以一直沒有接下護理長的位子。以年資來算的話，我們阿長還得尊稱她一聲「學姊」。

她這二十年來看過那麼多學弟妹來來去去，看人的敏銳度還會低嗎？

「佳芬，」又走過智雅學姊身邊時，她忽然叫住我：「不舒服就要休息，懂嗎？不要逞強，逞強對自己沒有任何好處。」

我懂，可是我不能休息。因為只要一休息，我的眼前就會再出現盤據不散的綠色螢光……也幸好我的工作夠忙，只要上班我的所有思緒就能夠被病人和醫囑填滿。

專心上班、專心上班，我現在是急診護理師、急診護理師……我在心中對自己吶喊鼓勵著。整理好情緒後我輕拍自己的臉頰，掛上一名急診護理師該有的親切表情後又往病人方向移動。只是這次我還沒看到病人，就先看到黑白無常走過我前方，衝著我親切地打招呼，後方還拖著一名新死的阿公。

……那阿公不是應該好好地躺在床上睡覺嗎？怎麼睡一睡就被黑白無常接走了！

旁邊的學姊看我呆立在原地，問道：「佳芬，妳在看什麼？」

我在思考要怎麼「不小心」發現病床上死了個人。這一區不是我今天負責的區域，突然去掀床簾會太明顯……可是阿公也不知道往生多久了，等下會不會有奇怪的味道飄出來……

結果是智雅學姊突然站起來，衝向我看的方向大力掀開床簾。

「醫師，第三十床沒呼吸心跳了！」

急救區的學姊們聽到智雅學姊的叫聲，立刻衝來一批人把不知道涼多久的阿公抓去急救一輪。在我反應過來前，我已經聽到醫師在指示壓胸電擊和插管了。

面對智雅學姊神準的直覺，整個急診室竟然沒有人想要過問或者說話。智雅學姊對著驚疑不定，不知從何問起的同事們，也只丟出一句話：「看什麼？想要加班是嗎？」

不想。眾醫護恢復原本的工作中，我也埋頭開始寫紀錄。

有個人幫忙扛可疑的包袱多好啊！我還不趕快珍惜智雅學姊的奉獻犧牲，這樣所有奇怪的傳言就可以落到智雅學姊身上。路過智雅學姊身邊還忍不住多祝她好人一生平安——

「佳芬，有靈感就承認。別逃避了，這在我們這行不是壞事。」

「……」

被繁重的工作量蹂躪整天後，我有氣無力地關上家裡大門。在關上大門的當下，客廳的燈就自動打開了。

「簡小姐，歡迎回來。」

我脫鞋子的動作停滯了一下，視線外圍又開始出現綠色光點。閉上眼睛深吸一口氣將綠色光點趕出視線後，我才機械式地回應道：「叫我佳芬就夠了。」

「對不起，我努力改。」他馬上低頭認錯：「我還沒有很習慣……」

「沒關係。」我淡淡地掃了一眼自從我出院回家後就「定居」在我家的助理二號民築

今，「我都說了你不用守在我家。」

「這句話佳芬可以跟殿主們和昱軒前輩說。」

竟然跟祐青和祐寧說了一模一樣的話……我無奈地經過築今，換下外出服後從房間走出來，餐桌上不意外擺了簡單的兩菜一湯。

這三天都是這樣。我都能猜到他下一句台詞了。

「簡小姐——我是說『佳芬』，晚餐已經幫妳準備好了。」築今喊我名字的時候還是很彆扭。說話之餘，他也不忘為我拉開椅子，一手拿著餐巾就只等我落座那刻鋪在我的大腿上。

我明明當初找來的是助理，怎麼就會變成現在的管家呢？

重點是，築今很樂在其中。跟他說再多次他要待在我家可以，不要破壞我的家電就好。結果我每次回家都會發現煮好的晚餐、洗好的衣服和乾淨到發亮的地板和浴室。第一天還會驚嚇得去檢查每一台電器有沒有成為廢鐵，到了第三天我就知道自己完全不用擔心了。築今再怎麼說都只是「民國」，破壞力本來就小，再加上蒼藍的符籙刺青後更是萬無一失。

「不用餐巾。」在自己家裡吃飯還用餐巾也太奇怪了吧？我婉拒餐巾後便開始享用深夜的晚餐。雖然回到家被人服侍感覺很彆扭，但不得不說，築今的手藝真的很好，好到我都想問築今日後願不願意繼續在我家當廚師了，我很樂意燒冥鈔給他當薪水。

「昱軒呢？」我問道，前幾天都會在我身邊待命的助理一號怎麼今天就不見蹤影了？

【第十九章】　正常／反常

「前輩被殿主們借走，大概明天才會回來了。」築今拉開椅子坐在我對面，有點擔憂地問道：「是急事嗎？有需要我馬上聯絡昱軒前輩嗎？」

「這倒是不用……」也不是什麼重要的事情，等昱軒明天回來再說也不遲。

「簡小姐今天精神比較不好，工作上有發生什麼事嗎？」

都說叫我佳芬就夠了……

「唉，」我先長嘆一聲，除了哀怨自己的助理二號怎麼也說不聽之外，也是在哀悼一下自己越發艱難的處境，「今天黑白無常拖著一個新魂經過的時候被我看見了。」

「這不是很正常的事嗎？」築今不解地問：「急診室很常有死人，黑白無常大人來去你們急診室很正常吧？」

「確切來說，我被某個學姊發現我好像『看得見』。」我扶住額頭說。

要說築今跟昱軒最不一樣的地方，大概就是會打破砂鍋問到底的個性吧？築今也比昱軒更愛聊天，昱軒就比較少跟我這般討論日常，絕大部分都是他自然而然就知道我又幹了什麼事……

仔細回想起來，應該是有一批人會跟他回報我的狀況的關係吧？

「嗯……這是壞事嗎？這樣簡小姐就能夠透露自己看得見了啊？要像您看得這麼清楚是很罕見沒錯，但偶爾看得見或者有點感應能力在人類社會並不罕見，我倒是比較好奇為什麼

簡小姐一直都不願意承認。」

「情況不一樣。」

最大的不一樣就是，那些自稱自己看得見的人沒有一個「思覺失調症」的診斷。長年在醫院走跳，雖然說醫護平常並沒有在病人面前顯露出來，私下或多或少還是有點偏見的成分在。

我也是曾經遇過肚子痛到在急診室地板尖叫打滾的病人，卻沒有人願意相信他是真的肚子劇痛，只當他原本的精神病發作的狀況。雖然後來外科醫師一看就發現不對勁，把病人抓去開刀了，但學長姊依舊不是用腹部急症，而是用有色眼鏡去評判他過於誇張的表現。

我就不相信三年來工作表現良好的我突然被上頭發現我「思覺失調症」的診斷後，他們不會追究我欺瞞的行為。同事們可能甚至會細數一些我曾經做過的奇怪舉止，然後全怪在這個疾病上。

只能慶幸警方的調查似乎沒有傳到醫院上層的耳裡，不然我應該沒辦法回去上班了。

聽完我的想法後，築今不認同地皺起眉頭，「簡小姐把人心想得太險惡了吧？以前您身邊的人或許真的如此，但您現在的同事看起來都很好啊？說不定他們能包容妳呢？或者能試著理解您以前的難處呢？」

「不可能。」我立刻反駁道：「別天真了，人類就是個自我中心的生物。累贅就是累贅，沒人會包容你的。」

「簡小姐——」

「我吃飽了。」

「簡小姐，妳幾乎都沒吃——」

「這很重要嗎？還有叫我佳芬，別再喊錯了。」我把幾乎原封不動的飯菜留在原地讓築今收拾，轉身就往房間走去，衣服也沒換就倒在床上。

好累……現在不只是身體累，心也好累……

這下我總算可以睡一下了吧？

剛閉上雙眼，綠色的光點又出現在我的面前。還有他們的聲聲感謝……

「謝謝簡小姐——」

不要再感謝我了……

不要再喊我「簡小姐」了……

「妳要恢復諮商？」昱軒聽見我的要求時不可置信地看著我，「那時候不是才說要把諮商小屋關了嗎？」

「我現在說要恢復諮商不行嗎？」我儘量讓自己聽起來有朝氣一點，但應該效果有限，

因為昱軒立刻回頭看了一眼築今。早就知道要幫我掩飾的築今也只是聳了聳肩，沒有特別的贊同或反對。

「為什麼突然要恢復諮商呢？」

為什麼……

「……亞繪有說要給你們一次機會。我想要試試看。」我努力忽視慢慢淹進視線內的綠色光點，看來就算看著昱軒也無法讓這些綠色螢光遠離我一些。

昱軒表情古怪地看了我一眼，然後低下頭嘆一口氣，馬上就投降了，「妳想要什麼時候恢復諮商？」

「嗯……都可以，看我的班表吧？」我頓了一下才又說：「先恢復人界……殿主們和一些熟人的諮商就好。身體剛恢復還是多休息一下好了，冥府諮商小屋先暫緩，過後再說。」

至少這是我的說辭。

「好，我再看妳的時間通知個案。」雖然昱軒答應了我的要求，但他臉上的憂慮絲毫未減。應該是看我臉色不大好吧，他自行換了個話題。

只能說，果然是在我身邊五年的助理啊……

「築今在妳這邊還習慣嗎？」

雖然對築今很抱歉，但提到這件事的時候我還是有點生氣，微帶惱怒地懟回去：「你是問我築今在我這邊好不好呢？還是我有沒有習慣築今的存在呢？」

「當然是問妳有沒有習慣築今住在妳的屋子裡。」昱軒這麼問完，我狠狠瞪了他一眼，最後看在築今也在現場，勉強按捺住自己的脾氣，說：「築今很不錯。我果然沒有看走眼。」

「但妳還是不高興。」

「……你們突然找一個人監視我，我當然不高興。」我咕噥道。一出院回到家就發現家裡多了一個號稱來照顧妳的起居的冥官，還強迫我一定要留住他，不高興是必然的吧？

說監視是有點過分了，因為我知道殿主們單純是因為現在狀況實在是太糟糕了。

就像白無常那天說的，由於我突然召喚殿主的緣故，力量標記都來不及藏，幾乎等同暴露了楚江的足跡。現在是戰爭時刻，內境又長期處於弱勢，殿主突然親臨戰場以外的地方自然引起了內境的關注。據昱軒轉述，內境幾乎在我們後腳離開之後，便闖進彩杏的住家進行搜查。周圍幾棟公寓的住戶也都被偵訊了一遍——偵訊完之後當然就被封掉記憶了。

由於突然搬離租屋處會顯得更加可疑，彩杏只得配合著冥府的劇本，扮演一個什麼也不知道的人類。在蒼藍加持的化形法術下，還當真瞞了過去。彩杏甚至很開心地跟昱軒分享有內境人士認得她是蓋棺女孩的成員，還跟她要簽名呢！

聽到這裡，額冒青筋的宋昱軒用劍鞘用力地往不知事情輕重的清朝孟婆頭頂狠狠地敲下去。這當然不是昱軒親口說的，而是閻羅轉述的。

我只能拍手讚道：敲得好啊！

雖然彩杏因為是公眾人物，無法直接消失在人類的視線中，但她還是遭受了殿主們的懲罰。據說是要她上繳部分在人界所賺取的薪水，用作冥官在人界出公差的費用。但要上繳多少我就不知情了。至於內境……就算彩杏瞞過了內境，可不代表內境沒有別的方法可以查到我的足跡。楚江和蒼藍把我送到醫院急診的同時，其他殿主可沒有閒著，十分努力地在抹消我和亞繪的足跡，杜絕一切內境可能循線找上門來的可能。

顯然沒辦法完全杜絕就是了……不然他們就不會安排築今在我家隨時應變了。我對築今真的沒太大的意見，只是……

「為什麼不是你？」我忍不住問我的助理一號：「殿主們應該都知道我很習慣你當我的助理了吧？」

「沒辦法，殿主還要交辦其他事情給我做——」昱軒無奈地聳肩道。

「比如說？」

「比如說——等一下，妳是不是又再套我話了！」

「喔？所以你要去做的事情是我不能知道的事情嗎？」既然被我抓到了馬腳，那當然是不放過這一點點的線索，「什麼相關的呢？如果是行刑人相關的職務，應該早就有人幫你做了吧？現在護衛隊隊長的職務又已經攤牌，你也沒有必要再瞞著我……所以你還有什麼不能讓我知道的事情嗎？」

我一句一句地逼問，同時一步步逼近比我高一個頭的冥官。昱軒撇開頭沒有回話，偷偷咬下唇的動作在我眼裡有點礙眼——因為這分明代表著他可以跟我說只是不想說！

我追問道：「又不說話了？殿主們不是已經決定要對我開誠布公，不再隱瞞了嗎？」

「我們回到築今身上——」

我惱怒地大吼：「宋昱軒！你——」

昱軒的大手突然出現在我的眼前，我原本以為他要像平常打鬧一般推開我的臉……

冰冷的溫度出現在我的頭頂。

對啊……昱軒是鬼，手的溫度當然是冰的……

但我是活人，我害羞的時候依然會雙頰發紅、發燙。

摸頭殺跟作弊沒兩樣。

「佳芬，」相較於像個小孩子鬧脾氣的我，昱軒柔聲地說道：「總有一天，我會跟妳說的好嗎？再給我一點點時間。」

我……

他一邊撫摸我的頭，死人的溫度從髮絲縫隙之間穿透，使我的頭皮感到陣陣沁涼……

我揮開他的手，往後一大步遠離昱軒，誇張地嚷嚷道：「不要摸我的頭啦！你的手很冰

耶！」

宋昱軒一臉莫名其妙地看看自己的手，再看看我，「之前殿主們和黑白無常摸妳的頭都不見妳反抗，為什麼我摸妳就反應這麼大？他們一樣是死人，手也一樣是冰的吧！」

「那不一樣啦！殿主和黑白無常是『哥哥』，妹妹被哥哥摸頭很正常啊！你只是個助理，給我拿捏好分寸。要知道，活人之間亂摸頭是可以告性騷擾的！」

「妳這是拐個彎罵我很噁心嗎？」

我沒有正面回答：「總之不要再摸我的頭了，懂嗎？」

「懂了、懂了——」

「噗嗤——」

我和昱軒齊齊望向一開始就站在客廳另一邊的築今，兩人語中皆帶有不悅，「笑什麼笑？」

築今努力收斂自己的笑容，「沒，我只是覺得箇小姐和昱軒前輩的感情真的很好。」

嘖，又喊錯了。幸好昱軒剛好在看築今，沒有留意到我突然僵硬的表情。

「都當她的助理幾年了，至少都會有默契好嗎！」昱軒指著築今正色道：「倒是你，『佳芬不喜歡被摸頭，會被當變態』這點趕快給我記下來！」

「是、是……」築今還當真從不知道哪裡變出一本記事本和毛筆認真抄筆記。

或許是不想跟我幼稚地拌嘴，也或許是想逃避話題，昱軒走到築今身邊開始交代我每天的作息和行程：「如果像今天佳芬沒有上班，佳芬通常會睡到早上九點多。大概午餐之後她就足夠清醒，可以進行諮商了。前一天是大夜班的話會睡到十二點，這種日子的預約你一律都排下午三點之後。佳芬起床氣還是有的，所以諮商不要安排在佳芬剛睡醒的時段，不然個案會……有點可憐。會來人界諮商的現在只有殿主和一些熟識的舊個案，你一天不要排超過三個……還有，假如黑白無常或殿主諮商的那天，就不要排別人了，讓他們可以慢慢聊天……」

明明就只是昱軒細心指導築今的畫面，背景甚至是我家有些簡陋的廚房，這幕卻讓我看出了神。

我的助理一號真的很稱職、很優秀，無可取代的那種……

「……佳芬，這樣可以嗎？」

「嗯？」我立刻回神，「不好意思，你剛剛說什麼？」

昱軒先是白了我一眼，大有「妳的耳朵是裝飾用的嗎？」的意味在，「我說，我下星期一開始恢復人界的諮商，這樣可以嗎？」

「可以啊，」哪天恢復諮商應該沒有什麼差別啦……又不是開工還是結婚需要看良辰吉日，「倒是下個禮拜一是誰想上來被我打呢？」

「都市王。」

「啥……他根本不是來找我諮商，而是上來唸我的吧？」

「是有什麼差別嗎？反正你們就慢慢聊天啊——」

有差別！都市王的關心除了嘮叨還是嘮叨，這次又出了這麼大的事情，我還不被唸到耳朵長繭？

「妳帶下去小屋的耳塞我已經幫妳拿上來了，就放在茶几底下的小盒子裡。上次用來塞他嘴巴的抹布我也已經洗好放在盒子裡面，妳要用隨時可以用。」

……這不就擺明了都市王的諮商昱軒不會在我身邊嗎？就代表我要自己「一個人」扛都市王的嘮叨吧？這一次的諮商確定一個小時內能解決嗎！他難道不記得每次都市王的諮商都會耗我兩個小時嗎！

前面二十分鐘諮商，中間一個小時換我被嘮叨（此時就會開始用上耳塞），後面的三十分鐘則是我跟他頂嘴的過程，最後十分鐘則是終於受不了的我開始用各式道具把他趕出我家（抹布會在此刻派上用場）。

我好不想面對喔……可以不要剛開診就來這麼煩的案子嗎？我可以迅速諮商完就隨便打發掉嗎……

我——

我的眼角餘光出現綠色的光點。

……

…………

好……我知道了。

……我錯了，對不起。我會認真諮商的……

時間離三點還有二十分鐘，我已經準備好酒水坐在餐桌邊。其實準備茶點應該會更好，但是冥官無法吃東西。

兩點五十分，玄關的風鈴發出清脆的聲響。我打開大門，都市王就站在門口，手上還自備了一壇冥酒。他見到我時首先愣了一下。

「嗯？佳芬？妳剛從外面回來嗎？」

我自然而然地撒謊：「對啊——」

「難怪！我就想說佳芬妳在家裡穿這麼正式幹嘛，妳平常不是回到家就巴不得換寬鬆的居家服嗎——需要我先等妳換衣服嗎？」

我儘量忽略身上不舒服的襯衫和黑裙子，馬上照著平常的模式回應道：「沒關係啦，就直接開始吧！」我先請他到餐桌邊，但餐桌在現下看起來又不是一個正確的選擇。

「黔川哥，我們今天換客廳沙發好了，如何？」

被我喚為「黔川哥」的都市王對我的安排沒有多疑。身為鬼的他坐到沙發上也不見沙發下陷，倒是枕頭有一半穿過他的身體。雖然說這不協調的畫面常在我家發生，但應該是直到現在我才發現冥官與人類有多麼不一樣。

雖然說我喊都市王為「黔川哥」，但那不是都市王的真名，只是他死後的名字，所以不會造成喚名的效果。猶記得那時候年紀還小，每個殿主都「秦廣哥哥」、「平等哥哥」這般的喊，但只有都市王一開始就說了自己希望被稱呼為「黔川哥」，而不是「都市哥哥」。反正就只是個稱謂，叫對了就有巧克力可以吃，我還不乖乖地多叫幾次？

「佳芬，妳不坐嗎？」黔川哥拍了拍他身邊的位子說。

我從自己的思緒抽出，對他揚起起溫柔的微笑，「那整個沙發就給你躺吧！」說完，我自己拉了一張矮凳坐在沙發邊。

黔川哥挑起半邊眉毛，但對我突然想玩花樣沒有多問，或許只是當我又心血來潮想嘗試新的諮商手段吧？

為什麼會說是手段呢……沒辦法，之前有太多黑歷史了。我的諮商的規矩都是親自訂下的，凡是來諮商的都得遵守，而其中一條就是「我的地盤我最大」。所以偶爾就會出現奇怪的心理諮商療法，比如什麼「跳舞療法（純粹是我當時想要看現場舞蹈）」、「冥想療法

（因為那個個案是在太吵了）」、「嚇人療法（是請個案去幫我嚇病人。某個偷摸我屁股的病人真的活該被鬼嚇，雖然我事後還是覺得沒有當場揭發他的真面目實在太可惜了。我成功報復，個案從中獲得成就感，完美雙贏。）」等等在我的諮商過程出現都不是太意外，現在還只是叫個案躺下而已。

但「請他躺下」這個舉動顯然讓黔川哥有點不安。但據書上說，讓個案躺下可以使個案更加放鬆……

「佳芬，妳想幹什麼？」

「沒幹什麼啊！」我自然地回應：「我們先開始吧！上次心理諮商結束之後，有照我教你的方式去做嗎？」

看黔川哥閃避我的視線，我就知道答案了。

「你沒照著做。」

「佳芬，不是我不做，是妳上次給我的建議實在太羞恥了啊！」黔川哥突然坐起來，哭喪著一張臉道：「我的判官已經夠把我當廢物了，妳還給什麼『就去跟你家判官撒嬌個幾次試試看』的建議，泱璃只會把我當廢物加變態啊！這不會改變她對我的成見的啦！所以佳芬妳原諒我好不好……我真的不是故意的……」他說到這裡，目光不斷在牆角的掃把和我之間徘徊。

也不愧是黔川哥，馬上就發現不協調的地方。

「……佳芬，為什麼妳這次沒有對我施以『物理治療』？」

「怎麼，你想被打嗎？」

「對不起我錯了。」黔川哥迅速地道歉，接著一頭倒回沙發上，「怎麼辦啦佳芬，到底為什麼我的判官這麼兇啦……」

「須判官不是兇——」

「是把我當白痴！這個我知道，但她還是很兇啊！妳知道每次被她用鄙夷的眼神掃視的時候我都超難過的……明明我才是殿主啊！」

是啊，你是殿主……但這位殿主正抱著抱枕在我的沙發上滾來滾去。還會因為沒有形體的關係穿過沙發，跟電腦遊戲人物穿模的畫面有八七成像。

「你不是有問過她為什麼把你當廢物看嗎？」

「有……說來這次好像可以跟佳芬說了。」我正疑惑著怎麼突然冒出後面那句，黔川哥逕自接下去說：「泱璃是三國——」

原來須判官是三國的啊！算是解了長久以來的疑惑，因為冥官們稱呼判官的時候都會直接稱呼在世時的姓氏，而不是死後代替姓氏的朝代。所以我對判官們的朝代真的沒概念。

「——上一任都市王的判官也是泱璃，所以她常常拿我跟上一任都市王做比較……」

聽到這裡，我才恍然大悟，「所以你之前跟我說須判官常會拿你跟別的殿主做比較，其實就是上一任都市王？」

「對！妳不覺得這樣很過分嗎！先任都市王多麼能幹啊！我每次想到先任的英姿都覺得自愧不如……」

自愧不如嗎……這也是我之前諮商不曾聽他說過的面向。

難怪黔川哥不喜歡被喚為「都市王」，因為他心目中的「都市王」還是——也是先任。

思緒進程到這裡，我在內心中忍不住大嘆氣。這群人連諮商的時候也沒忘記要瞞著我「大戰」、「殿主們在大戰後一定會消散的結局」這類會讓我難過擔心的事情。如果不是周迎旭消散前特別拜託我守護現在的殿主們，我還真不知道殿主的下場如此悲傷。

最好笑的是，他們還會互相更新我已經知道什麼事情，然後在對話過程他們就會對我透露更多東西。

——那一開始就老實跟我交代，不就可以省下許多打啞謎的時間和力氣嗎！我又不是小孩子了！不信看看現在，我知道內境和冥府在戰爭後還不是正常上下班做諮商。戰爭是有影響到我的心情和作息嗎？

倒是……上任都市王的判官都已經是須判官了，為什麼接任殿主的是黔川哥？理論上都應該由副手接任吧？總不可能冥府也有選舉之類的民主制度吧？

……不行，不可以分心。諮商還是要以關心個案、處理個案情緒為主。我連忙繼續認真諮商。

「可以跟我形容先任都市王是個怎麼樣的人……冥官嗎？」

「先任……先任是個被全冥府愛戴的殿主。他很有威嚴，處理事情也是乾淨俐落，調解紛爭的時候總是能讓雙方心服口服……」

「那麼須判官最常對你不滿意的又是哪項呢？」

黔川哥的雙手在空中畫了個大大的圓，「不就是全部嗎……對她而言，我永遠無法做到跟前任一樣。手上沒有兵器時我就只是個連走在路上都會被自己絆倒的智障……」

……的確蠻智障的就是了。尤其冥官的腳幾乎是半個裝飾品，他們沒有腳也能飄啊！但不能傷害個案的原則下，我只能把所有吐槽吞回肚子，然後繼續給建議。

「不然，你找個時段去跟須判官溝通看看呢？先從她最不滿意的地方開始慢慢了解，然後再看有沒有改變的可能？」

「以前我都問過了……」

「你可以再問一次。說不定須判官會給不一樣的答案？」

「是也沒錯啦……唉，我也是很希望泱璃能夠告訴我能改進哪裡……」

「那麼今天的諮商就先到這裡為止，回去有兩項作業——」

「作業？」

「第一個就是剛剛說的，去問須判官你的缺點。第二個就是找張紙列下你的優點，下次諮商的時候帶來給我。」

黔川哥聽完指示後納悶道：「為什麼突然要自己列出自己的優點呢？這舉動會不會太自戀了？」

「這不是自戀，這叫做『探索自我』。你列出來之後，我們才知道要怎麼向須判官行銷你的好。總不可能都是你在接受和改變吧？須判官也應該要有妥協的地方。」

「嗯……好吧，我再寫出來。」黔川哥說完後從沙發跳起來，雙手插腰，「好啦，諮商結束，現在換我來關心妳啦！」

「黔川哥，我都跟你們說過很多次了，我很好——」

「那是請昱軒轉述的啊！妳差點成為冥府的一員，這麼大的一件事我親自來關心妳很合理吧？回去上班還習慣嗎？身體適應得來嗎？妳最近該不會又要上大夜班了吧？重傷剛痊癒就要日夜顛倒也不大好……」

黔川哥關心的言語就像機關槍一般發射，完全沒有想停下的意思。好不容易，我才逮到空檔離開……誰叫我剛剛在諮商過程為了掩飾自己說話不自在的關係喝了不少水，杯子都空了兩輪。諮商完之後再被黔川哥轟炸了一個小時，膀胱都快爆掉了。

誰叫冥官沒有這些生理需求呢……我是活人還需要吃喝拉撒睡的啊！

洗手的時候，我的雙眼與鏡子中的自己對上了。

……這樣子的諮商，應該可以吧？

在心中問完後，我看著鏡子中沒有笑容的自己，緩緩閉上眼睛。

綠色的光點立刻浮現。

……我知道了，我繼續努力……

對不起……

【第二十章】

偽裝／潛伏

鬼門關走過兩次之後，每每在路上看著活人從身邊經過時，都會覺得沒有實感。

店家裡熱鬧的音樂、小物攤販熱情招攬的聲音、三兩好友之間熱烈地討論著哪件衣服更適合……

相較於充滿活力的商店街，拖著一副只想要睡死在床上的身體的我穿梭其中更顯突兀。旁邊的小妹妹看到行屍走肉的我還會閃一邊不想接觸，以免被我傳染。

沒辦法，我真的好累好累。白班本來就已經夠忙碌了，今天更加誇張。輕症區人滿為患，好像全市拉肚子、肚子痛、感冒的人都擠來了急診。還有那種「我覺得喉嚨癢癢的——沒事嗎？沒事就幫我結帳，我還要去接小孩。」的都出現了，甚至不只一個！

心很累的輕症區加上最近又睡不好，我的氣色顯得更差了。黑眼圈都冒出了第二圈，遮瑕膏都快蓋不住了。但就算像個會走路且隨時會昏睡的肉塊，我還是得來商店街一趟，不然這個禮拜六育玟學妹的婚禮我就得穿T恤加牛仔褲了。

因為從小到大都太邊緣的關係，我還真沒有參加過同儕的婚禮，育玟學妹還是頭一個。爸媽被炸喜帖也只會帶我弟弟去，因為大家都知道我爸媽的女兒是個有妄想症的瘋子，父母自然不想帶我出去丟人現眼。想來我衣櫃裡最正式的服裝還是工作面試的黑色套裝和一件白色的長裙……

沒錯，黑色套裝就是送走周迎旭的時候穿的那一套。這套穿去別人的婚禮怎麼想都覺得不適當。白色長裙也不適合穿去婚禮，我只好認命地到商店街找件裙子，鞋子也得再找一雙可以搭配的。

買裙子是一件很容易的事，但要找一件適合的，穿到我身上裙襬不會拖到地板的裙子，這就很難了。我又不想要把短裙穿成長裙，太高的高跟鞋我又穿不習慣……

這時候就要悔恨自己為什麼不早點買衣服，眼下後天就是婚禮了，我連送去改衣服的時間都沒有。

正當我糾結於藍色碎花短裙和米白色西裝外套的時候，鏡子的倒影正好映出了我身後的，穿著深藍色長版外套的人……

我一度緊張地屏住呼吸，隨即想到太不自然地反應反而會引起注意，又把視線放回手上的兩件衣服。可是效果實在有限，連我都看得出鏡子中的自己動作十分僵硬。

不是我要說，但是內境人士都是這樣毫無顧忌地穿著制服到處趴趴走的嗎！制服一般而言都是上班和出勤——

「姊，我們還在值勤，跑來逛街這樣好嗎？」

「妳這樣想就不對了。我們一樣在搜索啊，還更仔細呢！連店面都一間一間地毯式的搜索——妳覺得這件好看嗎？」

「妳的衣櫃已經夠多衣服了，還要買嗎？話說在前頭，妳的衣櫃滿了不可以塞到我的衣

櫃喔！」

兩位女性的閒聊不禁飄到我的耳裡……她們應該就只是普通的搜查，不會發現我的、不會發現我的。我就正常地、自然地假裝衣服不符合自己的喜好，掛回去架子上然後趁機開溜……

一隻手突然放到我的肩膀上，嚇得我魂魄差點飛掉，手上的衣服也掉到地上。反射性回頭一看，心中忍不住一句超級道地的國罵：幹恁娘！

為什麼是遊魂？

天知道我已經多久沒有看過遊魂了！打從戰爭開始，我身上的保護就被越加越多，冥府的蒼藍的都有，遊魂連靠都沒辦法靠近，更不用說身周有那麼多冥官在幫我驅趕……

重點是，我竟然看到了，還露出了明顯驚嚇的表情，就在兩個內境人士面前！似乎嫌我處境不夠糟糕，遊魂此刻發出了若有似無的聲音……

「簡小姐……」

幹拎老師，為什麼遊魂也知道要叫我『簡小姐』啦！還有，這位「好兄弟」不要再靠近了！我管你是不是頭被車子輾過而死的，那張凹陷的五官還有穿出的骨頭碎片加上破掉的眼睛真的很噁心，榮登我見過「最恐怖鬼魂」排行榜前三名無誤的噁心！

嗚嗚……這種時候昱軒呢！冥官呢！啊我最需要的時候他們都去哪裡了？

「……我要回家……我要回家……簡小姐，我——」

突然，遊魂的頭好似被子彈打到般往旁邊一偏，接著從腦門開始分解、消散成點點綠光……

就跟我每天閉上眼睛看到的綠色光點一樣……

「妹妹，妳還好嗎？」那兩名內境人士全然無視尚飄散在空中的光點逕直穿過，面露關心道：「被嚇到了吧？」

「我、我——」我幾乎說不出任何話。我的腦袋已經超載了。我究竟應該對遊魂在我面前消散先做反應，還是好好回應兩個內境人士的話……

兩個內境人士當中的姊姊不耐煩地說：「敏敏，這就不用問了，記憶洗一洗放回去就夠了。別讓一隻遊魂打擾我們姊妹倆久違的購物之旅！」

「咦？可是……」

一道黃色的光芒突然屏蔽了我的視線，光芒消失的時候，那兩個內境人士還在我面前，假裝什麼事也沒發生。

「妳看，這樣子就解決啦！敏敏，妳覺得這頂帽子如何呢？」

「敏敏」只輕輕嘆氣一聲，便轉身與她的同伴選購衣物。

我……我實在不知道正常來說，被清洗記憶之後應該有什麼表現，只能對著鏡子呆愣了

三秒鐘，僵硬地把衣服掛回架子上，儘量從容自若地離開服飾店……

「這到底是怎麼一回事！」一回到家，我也不管昱軒正在幹嘛，將召喚宋昱軒的紙鶴丟進瓦斯爐裡燒成灰。突然被召喚到家裡的昱軒愕然地望著對他咆哮的我，我只得把剛在服飾店發生的事情仔細交代，他才皺眉道：「我們之前就有跟妳提過了啊？」

「提過什麼？」

「因為內境最近在這一帶進行地毯式搜索，如果妳身上有太多的保護反而會引起注意，所以我們跟蒼藍都把保護降到了最低——」

「最低？」我拉高嗓門說：「這叫最低？這根本叫沒有保護吧！遊魂都拍得到我的肩膀耶！」

「佳芬，這是必須的。」昱軒跳下瓦斯爐，儘量溫和地說：「如果我們不撤除保護，妳會——」

「我知道、我知道，我會被內境找到。」但我內心還是很不爽，「那如果我真出事了怎麼辦？」

「妳就……喚名？」

「……」我這下真的無言以對了。明知道喚名，尤其是喚名殿主會造成多大的後果，他們竟然只留下這個防身手段給我……

我……我是能說什麼，這是冥府和蒼藍的判斷，對於不會魔法的我也只能全然接受。或許是發現我已經不在氣頭上了，昱軒這才上前關心道：「倒是妳，氣色看起來比之前更差了，妳這陣子有睡好嗎？」

「有啦！不信你去問築今，築今每天都抓好時間把我趕上床睡覺。」

昱軒有點不相信，他往築今的方向看了一眼，築今立刻點頭道：「簡小姐都有乖乖睡覺，沒有在床上滑手機。」

這種形容……分明是把我當小孩子照顧。就是要這種說法才能讓昱軒安心，昱軒安心了殿主們才能放心。

雖然說築今說謊的功力還不錯，但他面對的畢竟是最了解我的昱軒，說不定多講幾句就露出馬腳了。要繼續掩飾自己的真實狀況，我就得儘快岔開話題，而且要用昱軒想要迴避的話題轉移他的注意力最為有效。

「倒是你……你們以後要做出如此重大的改變，可以先稍微知會我嗎？」我的聲音有點不滿：「我還以為……我以為你們也拋棄我了。」

罪惡感立刻爬上昱軒的臉龐，果然聽到我說這種話，他完全沒有想要細問築今的意思。

「對不起……」

「不用對不起，我知道——」

「但我還是應該要講清楚，以防今天的情況發生。」昱軒突然看著我的眼睛，無比認真地說：「我無法代替殿主保證，但我可以用真名發誓，我不會拋棄妳的。請不要對我們失去信任。」

信任。

信任這種東西是脆弱的，一個舉動、一句話都足以瞬間瓦解長久以來的信賴……發誓不也是縹緲虛無的承諾嗎？就只是說個一兩句話而已，又沒有任何法律效益——如果是昱軒和殿主們，我還願意相信他們……嗎？

應該吧？

果然宋孜澄的那一劍還是影響了我對冥府的信任吧？不然以前的我對冥府深信不疑，根本不會懷疑他們給我的承諾是否有虛假的可能。

由於昱軒是突然被召喚上來的，安撫完我之後，昱軒就得回去冥府繼續原本的工作。他離開之後築今湊到我身邊，滿臉憂心地說：「簡小——佳芬，我們這樣子騙昱軒前輩……不大好吧？妳已經——」

「昱軒和殿主還有冥府的事情要忙，我這一介小女子的身體狀況不需要全數上報，懂嗎？」

「是的，佳芬。」他望了一眼掛鐘，然後說：「妳要現在上床就寢嗎？需要我幫妳關燈嗎？」

我從被單裡翻出昨天晚上讀到一半的心理諮商技巧書籍，坐在床邊強迫自己翻閱起來，「不用，我再多讀點書好了。」

反正一定也一樣無法入眠，閉上眼睛只會看見綠光……

「不行啦，佳芬，禁令解除後人類看起來更欠揍了！」常客白無常躺在沙發上大聲嚷嚷：「我上個禮拜又看見一個更扯的，那個垃圾跟朋友借錢不成，就把朋友給綁架帶走，直接賣給人蛇集團。妳以為只是人口販賣嗎？結果是器官販賣！那個可憐的朋友器官就被掏空了，餘下沒用到的軀殼和骨頭都被餵狗了——」

真的好悽慘……我腦海裡出現狗碗裡面有手指頭的畫面，不禁頭皮發麻。

小說情節可能都不會寫得這麼驚悚，只能說現實永遠比小說還要魔幻啊……

但我比較好奇的是，死得這麼悽慘，竟然沒有變成怨魂，還能被黑白無常接走嗎？

「怎麼可能沒變成怨魂？超兇的好嗎！他一個個把買到他器官的人找出來糾纏到死，連當時動手術的醫生、刀助、經手的商人還有他那個垃圾朋友都沒放過。」

在一旁比較平靜的黑無常補充道：「我們這次是去接買下他左腎的買家。這樣算一

算……應該還有一半的買家還活著。」

代表還有好幾個人會死就是了。最保守估計被取走的器官有心臟、肝臟、兩顆腎臟，買家至少就有四名。先不算刀房的護理師或刀助，每次器官移植醫師至少兩名，這樣的話就是八個人。再算上商人假設只有一人、垃圾朋友一人，隨便加一加都會至少死個十四人。如果怨魂真的把仇恨擴散到刀房護理師和刀助上，那麼死個二十幾人都有可能。

「這怨魂你們不抓一抓嗎？這樣一路下來應該還會死一票的人吧？」

「那是他們自己活該吧？」還在氣頭上的白無常對這些人的性命只有不屑，「要賺這種不義之財也要掂掂自己的斤兩，看自己有沒有那個屁股花！」

「而且雖說我們是冥神，但不代表我們不會受傷。抓這種超兇的怨魂也是有風險的，我們受傷影響到日常業務的話也只會讓更多的新魂在人界遊蕩，那還不如稍微避開。」

黑白無常這種對話在我的諮商中不時也出現過。猶記得以前我都笑一笑就過去了，因為別人的生命不關我的事，尤其是這種死不足惜的人類……

但真的是這樣嗎？

一黑一白兩人並沒有留意到我陷入沉思，而是繼續忿忿不平地道：「反正有內境啊！這種怨魂丟給內境煩惱不是正好嗎？也讓我看看他們注重的究竟是道德還是人命。」

「應該還是人命吧……還有金錢。」黑無常對內境也是滿滿的鄙視，「俗話說『錢多能使鬼推磨』，但我自己可沒看過真的需要錢的冥官啊！有錢有門路能夠請到內境人士多幫你設置幾道防護把鬼擋一擋倒是真的。」

為了錢和名譽泯滅人性的人類比比皆是，跟完全不需要錢財名譽並謹守自身尊嚴的冥官相比高下立判。

可是，我認同黑白無常的觀點的同時，我是不是也默許他們放任怨魂在外遊蕩殺人……這是不是錯誤的諮商？我真的在做對的事情嗎？

「佳芬？佳芬，妳有在聽嗎？」白無常在我眼前揮手，我這才回過神來。他們兩人都用一樣擔憂的神情望著我。

黑無常也問：「妳在想什麼？」

我連忙為自己找了個開脫的說詞，「沒有啦，我只是訝異國內竟然有器官買賣。我一直都以為只有國外有。」

「那個是被賣去國外的啦！買家也是被商人標榜的『來源健康乾淨』吸引，花了好大一筆錢到國外動手術。」

飄洋過海買到器官還附送超兇怨魂一隻啊……我之前就看過病人去外國尋求腎臟移植，就診到開刀不到兩個禮拜就完成了。那怎麼想都怎麼可疑。

只能說這些人完全不值得可憐。就是因為有人願意鋌而走險到國外買器官，商人覺得有

利可圖就幫忙牽線，還安排醫生開刀。整條產業從源頭開始都是共犯。

不行，不能這樣想。就算再怎麼罪大惡極，那還是人命……

宋孜澄也是取了他人的性命，然後在楚江哥哥的長劍下消散的……

不能再想下去了，再想下去那些綠色光點又會回來糾纏我了。快想想這次的諮商我還少問了什麼、少問了什麼……

對了，我好像忘記問白無常他揍的人到底是誰了？

「這次死者的家屬啊！在那裡嚷著『阿輝啊，我們會替你討公道的！』開什麼玩笑！自己跑去國外買器官，人死了才要怪器官販子嗎？」

不得不說，我真的很贊同白無常的想法。殺人兇手被反殺也只是活該而已，但是……暴力應該是不對的吧？

對吧？

我強迫自己擺起嚴肅的表情，輕輕責備道：「有幫冤死的怨魂伸張正義的想法很好，但是暴力手段依然不應該被正當化。」

「妳說什麼化？」

「正、當、化。」我這次特意字正腔圓地說：「暴力不是解決問題的根本，只會產生更多的暴力，導致不良的循環——你們兩個為什麼這樣看著我？」

一黑一白的兩人這才收回令人不適的視線，「沒有，我只是覺得佳芬今天的諮商不大一樣。」黑無常說完，白無常在一旁點頭如搗蒜，「妳平常都先對我們大吼『你們懂什麼叫自制嗎！』，然後再對我們使出掃把或拳頭，最後也一起跟我們抱怨人類的古怪。這次則是格外的……平靜。」

太明顯了嗎？那麼多打哈哈幾下，應該就掩飾得過去了吧？我特意翻了個超級大白眼，「我之前用了那麼多方法請你克制一下自己的拳頭都沒有用，不就只好回歸最原始的道德勸說了嗎！我知道你理論上算冥神，但是現在好歹是戰爭期間，你可不可以少揍幾個人，別讓內境抓到把柄——」

應該圓過去了吧？看黑白無常從原本關切的眼神轉為拒絕承認自己錯誤的痞樣，看起來是圓過去了。白無常不服氣地說：「內境有膽就衝著我來啊！順便讓我看看內境是不是腦袋有洞到連這種人類都要袒護。耗費那個時間和精力攻打我們，說什麼『冥府是人類的威脅，應當殲滅』的鬼話，最可能消滅人類的就是人類自己——」

「必安！」黑無常出聲制止道，白無常不但沒有閉嘴，更大力反駁道：「怎麼？殿主們不是已經達成共識不要再瞞著佳芬了嗎？佳芬都幾歲了——」

「那你們可以告訴我這次戰爭的原因嗎？」我問道。果不其然，黑白無常此時又沉默下去了。

「是因為我的關係嗎？」是不是我那太過脫線的諮商導致的？是不是那次寫著「幹恁娘」三個字的冥紙金元寶？

「佳芬，這次的戰爭跟妳沒有任何關係——」

他們兩人慌張地、極力澄清的表情烙印在我的腦海裡，更加印證了我的想法。

所以，真的是我造成了內境和冥府的戰爭嗎？怎麼樣造成的？又是我的諮商嗎？

我的諮商除了唐詠詩和宋孜澄，到底還會使得多少冥官化成那些綠色光點？

……不行，現在是諮商時間，不能讓我自己陷入自責的情緒。我需要維持心理諮商師的專業，諮商時間需要以個案為重，不能在個案的諮商時段表露自身的情緒……不然那些綠色光點又會再找上我。

在綠色光點再次出現之前，我趕緊擺手說：「不是我的關係就好。那麼我們回到白無常無法控制自己拳頭的問題。白無常，人類畢竟那麼多，所謂『樹大必有枯枝，人多必有白癡』，出現幾個神扯的事情應該不算什麼。重點是你不能跟他們一般見識，壞了自己的格調。」

黑白無常兩人你看我，我看你，一定是有發現我的異常，因為我自己都覺得自己掩飾得很差。但他們很有默契地決定先順著我的諮商繼續下去，這也讓我鬆了口氣。

黑無常用拇指比了一旁的搭檔，「妳當真認為這種暴力傾向還能用道德勸說解決嗎？」

「他這根本不叫暴力傾向，只是合理化自己的暴力行為。合理化之後就會更常使用暴力，我現在只是多加提醒他暴力是錯誤的。」

整個客廳再度陷入沉默，黑白無常兩人都沒有回話，屋子安靜得我都聽得見鬧鐘秒針移動的滴答聲。

只見黑無常對白無常使了個眼色，接著起身道：「佳芬，差不多要到接亡魂的時間了，今天先這樣好了。」

「等一下，」在白無常站起身前，我趕緊叫住他：「我給你一本月曆。如果那天都沒有暴力行為，就在月曆上打一個勾。下次回診我要檢查。」

白無常先是擔憂地看了我一眼，才接過月曆，「我再拿給衡業。」

的確，月曆要給明衡業才對，他才最能夠詳細記載白無常的衝動事蹟。說來剛剛好像忘記詢問白無常他們的拉拉弟過得如何了……

「佳芬，」本來黑無常都已經要關門離開了，他突然回頭喊了我一聲。

「怎麼了？」

他極其認真地說：「妳先叫一聲『無救哥哥』。」

他這什麼奇怪的要求……最後還是妥協地喊道：「無救哥哥——唔！」

突然，無救哥哥抓住我的手，把我拉進他的懷裡。我瞬間被冰冷的觸感環繞著，這讓我想起童年時，每每跟父母吵架之後，我就會跑到附近的城隍廟躲著。知道我又躲去城隍廟的

哥哥們就會上來人界，跟我述說起很久很久以前的故事。有時我是靠在他們的臂彎，有時是躺在他們的大腿上……有時甚至是幼稚地撲在他們懷裡大哭著，順便把他們的袍子當作衛生紙用。

死人冰冷的溫度對我來說，比活人的體溫親切溫暖許多。

他們的言語也是，一直以來都是如此。

「佳芬，」黑無常緩緩地說，在我耳裡聽著有點迷濛，「如果妳有什麼想說的都可以跟我們說，妳應該還記得吧？別一個人憋著，懂嗎？」

他輕輕撫摸我的頭，「妳不只有十個殿主哥哥，還有我和必安。我們隨時都在。」

我知道，我一直都知道，只是……

黑無常沒等我回應，他雙手輕拍我的肩膀說：「好啦，我們下次見喔！」

我站在玄關，呆呆地望著黑無常關上的門扉。

我知道他們都在，他們都會陪伴我、支持我……

但我是要怎樣開口……

「簡小姐——」

「不要叫我『簡小姐』！我說過多少次了！」

我回頭怒吼回去。手握著白無常諮商紀錄的築今縮了一下，差點就讓諮商紀錄灑了一地。

「對不起……我……」意識到自己失態後我連忙道歉，見我恢復平常的樣子後築今才繼續小心地說：「『佳芬』——」他每次直接喊我名字都會有點彆扭，希望他之後會習慣，「妳今天有大夜班。現在是晚上十一點，是不是應該洗把臉，準備一下呢？」

被築今這麼一說，我連忙抹了抹自己的臉頰，但沒有摸到任何淚水……眼角也沒濕啊？

「妳的表情還是太憂鬱了，帶著這個表情去上班只怕被同事發現有心事。」

這倒是，尤其等等還是跟彥霓一起上班，自家直屬學妹對我的狀態一向都很敏銳。

藏好來，不能被發現。

不管是人類還是冥官都一樣。

我閉上眼睛，不斷拍打自己的臉頰，讓自己能夠露出更自然的笑容。果然，把自己長年偽裝成正常人的功力這時候徹底發揮了作用。

再次睜開眼睛時，鏡子中的我嘴角微微上揚。

謝必安（白無常）

初步診斷：無法控制的揍人念頭。

治療評估：拉拉弟換回來後又復發了。

處置：提點暴力為錯誤行為，並給予日曆量化自己的暴力行為，藉此警惕個案。續觀。

我覺得現在上班的難度變高了。

想來以前也沒簡單到哪裡去就是了。一般而言，急診護理師平時的工作就是推著一台工作車，到病人身邊發藥、給藥、測量生命徵象、進行衛教、確保病人動向、還要清點器材和備品、在醫師做處置時在一旁當助手等。

但這些都是一般、正常的工作內容。一個正常的急診護理師多摸個幾年應該都能勝任。

我呢？我是個有陰陽眼的急診護理師。所以現在的工作內容除了上述所列的一大串之外，前面還要多加上「在鬼注視之下」。

在鬼注視之下發藥、在鬼注視之下給藥、在鬼注視之下測量生命徵象……最苦惱的是，推著工作車和血壓機的時候，我不僅要巧妙閃避所有的鬼，還要避開與鬼的對視，不然被發現我看得見他們，我就死定了。

不過，當我好好保護的工作車電腦再度當機的時候，我真的有推工作車撞隻怨魂讓它壞得更徹底的衝動，尤其八點鐘方向的怨魂看起來挺兇的，電子儀器不小心碰到應該會壞得蠻徹底的。

靠，不就是上頭為了財報表好看每次都在省經費，連醫療器材都要省，只要還能開機就當「能夠使用」不給報廢，真的是死人了才知道嚴重性……

好啦，反正真的死人了，上層大概也不會改吧？因為社會究責依舊是我們這些第一線醫療人員。

「嘖，怎麼最近的電腦那麼容易當機啦！」智雅學姊終於忍不住了，丟下無用的滑鼠直衝護理長辦公室，門關上之前還能聽見智雅學姊憤怒的聲音：「阿長，電腦爛成這樣到底要我們怎麼上班——」

我望著遊蕩在急診室的遊魂和怨魂……嚴格來說，一部分是我的錯。

「智雅學姊發飆囉！」

「猜猜誰會贏？」

「就算智雅學姊發飆也沒有用啊，沒經費就是沒經費，阿長想自己換也沒有辦法啊……」

看熱鬧的一群人大概就周任祺學長說的最實際。另外一個重點就是，我們就算買了新電腦或其他電子儀器，被遊魂多經過個幾次還是很容易壞掉。之前是因為有祐青祐寧幫忙轉移新生成的遊魂或怨魂，少了超自然因素加速電子設備的汰換率。現在因為我身邊的保護要降到最低的緣故，祐青祐寧兩姊妹自然也被撤回冥府了。所以這個模樣才是正常的急診室該有的樣貌。

我望著在急診室遊蕩的的鬼魂們……不禁思考如果把我眼中的畫面拍下來廣為流傳的

話，把急診室當菜市場逛的人們會不會減少一點。

結果，智雅學姊從阿長辦公室走出來時，手上多了一大包綠色包裝的零食。只見智雅學姊把零食放在電腦旁邊，虔誠地雙手合十拜了三下，然後繼續用同一台電腦輸入資料。

見著這幕的同事都笑了，這大概也是很科學的醫院會見到的不科學畫面了。

年資尚淺的彥霓問道：「放零食真的那麼有效嗎？」

「有效！妳不要小看它的威力喔！」任祺學長介紹道：「在沒錢沒經費的時代，那包綠色零食就是我們最好的朋友。」

「而且一定要買綠色的，其他顏色的會沒效喔！」

「肚子餓也不能吃它，吃了急診室就會原地爆炸！」

我望著遊魂就像以前見到那般自動遠離智雅學姊的電腦時，不禁也懷疑起零食的製造過程到底加了什麼東西，至少能夠趕遊魂。

彥霓聽完之後，還是一副不信邪的臉，「我們這麼迷信真的好嗎？」

「告訴妳，寧可信其有，不可信其無啊！」周任祺學長語重心長地說：「不信妳去問佳芬啊，她對靈異現象最有經驗了。」

「我？」啊靠，我怎麼突然變成話題中心了？我不是從頭到尾都沒有說話嗎？

「對啊，妳不是曾經被電梯載到往生室過嗎？」彥霓聽完後，不可置信地看著我：「學姊，真的有這件事嗎？」

我還來不及說些什麼掩飾過去，另外一個學姊就開口幫任祺學長補充：「還有一次，佳芬走進去隔離室之後沒幾分鐘，就全院大斷電——」

「我對這則新聞有印象，好像是去年的事情……」彥霓回想道：「但是這跟佳芬學姊有什麼關係？」

「這妳就不知道了吧！」學姊興奮地分享道：「妳知道我們的隔離室有監視器對吧？那天佳芬走進去隔離室之後，小魚從監視器看到有綠色的光出現在佳芬的背後！而且而且……」

「什麼！」

而且什麼？這下連我都好奇起來了。學姊突然壓低聲音神秘地說：「而且，我和小魚過後翻監視器的時候，發現佳芬踏進隔離室後的監視器畫面全部不見了！」

「太恐怖了吧……」

「佳芬，妳身邊是不是有什麼不乾淨的東西啊！」

「沒有好嗎……」我極度無奈地看著一整群吃瓜的學長姊……這群人到底是多閒才能去翻監視器啊？顯然，智雅學姊也有同樣的想法。

「你們還在這裡聊天幹嘛？嫌今天病人太少是不是？小心我等等在你們的午餐裡面加鳳

梨喔！」

被智雅學姊警告一個，聊天的人群一哄而散，該做治療的去做治療，該寫紀錄的寫紀錄。我推著工作車回頭，冷不防地與一隻遊魂打上照面。

「幹！」我忍不住罵了一聲，這句話當然吸引了常常注意我的彥霓的視線。她望著我，滿臉的疑惑。

「不好意思，剛有隻蒼蠅飛過去。」我對著空氣揮手趕不存在的蒼蠅，熟練地撒謊道。

可惡，我真的好懷念有祐青祐寧的日子。

「佳芬，歡迎回來。」築今手上還握著鍋鏟，走到玄關迎接，「今天比較早呢！」

「一群人突然起鬨要帶我去給什麼乩童轉運，不然常遇到靈異現象，最近還那麼衰遇到槍擊又貧血進加護病房，我只好趕快閃回來了。」說這話的時候我也是很無奈。我可是百般推辭才從那一群熱情的學長姊包圍中逃脫。

智雅學姊甚至是其中一個。我都覺得智雅學姊其實是在煽風點火的那個……大概是想逼我承認吧？她之前才把我抓去聊天，說什麼她有個有靈感的學妹，只要「感覺」上來時護理站就會多排一個人預備急救，準確率據說有七成，如果我的「感覺」夠準急診也能效仿云云。

……但重點是我不想承認啊！把我帶去給什麼乩童法師神僧，他們就算真能驗證我有靈感我也打死不承認！

「妳有魏大人啊！魏大人如果都防不住，其他的法師和道士就更不用說了。」

「對啊……」我不自覺握住蒼藍給我的護身項鍊，「但那傢伙也把我的保護撤除了許多。」

「為了簡小——佳芬妳的安全啊！」

「我知道、我知道。」他們同樣的話都重複了幾次，我當然知道。

「那麼請佳芬先坐一下，晚餐快好了喔！」築今把我安頓好後又鑽進廚房裡面，出來的時候手上多了一個盤子，一看到盤子裡的餐點時我愣住了。

那是一盤義大利麵。似乎覺得一個中式古裝男子端出義大利麵的畫面還不夠違和，築今又在餐桌上擺上濃湯和薯條。

「啊，是不是煮得不大像？這是我第一次嘗試西餐——」

不，聞起來很正常、盤子裡盛著的食物也是義大利麵應該有的模樣，只是——

「你們……你也會煮西餐喔？」東西文化激烈碰撞的畫面害我腦袋打結了，許久才從牙縫間擠出這麼一句話。

「看電視學的，還有食譜。」築今拿了本書放在我面前，書的標題是《每天一種義大利麵．三十天不重複挑戰》，「我去圖書館借的。還請佳芬不要跟昱軒前輩說，原則上我並不

能踏出這間屋子。」

「他大概早就知道，也默許了吧。」這個屋子的禁制比蜘蛛網還複雜，你說那一堆陣法中沒有監控出入人員的陣法我絕對不相信。

「但你也會化形嗎？」

「自然是不會，我的修行還差得遠了。」

「那你怎麼出去的？」

「就……聚集形體後換個現代人的衣服？」

啥？就這樣？你就換個衣服……不是，你的衣服哪來的？

「昱軒前輩給了我兩套衣服，說是之前妳代替別人燒給他的。」

我燒的？我什麼時候那麼無聊去燒衣服給——

仔細回想下來還真的有……不就是廖書涵妹妹送給昱軒的衣服和冥鈔嗎？而且那天因為在公寓陽台燒冥鈔太沒公德心，我還得拿到公寓一樓的空地燒。燒的時候贈予對象（也就是昱軒本人）還站在旁邊看要給他的衣服化成一團灰。

見我沒有說話，築今以為我是在思考他是怎麼在沒有化形的情況下進出圖書館的，便自顧自解釋起來，「本來我的力量就很薄弱，隨便一隻遊魂的力量可能都比我高。對內境人士而言我應該看起來就像去墳墓晃了一圈還帶了不友善東西回家的人類。這也是為什麼我可以待在簡小——我是說佳芬這邊。」

聽完，我首先問了心中第二個想問的問題：「內境真的這麼笨嗎？」

「嗯……我是沒遇過內境人士……但是前輩們都是這麼說的。」

——然後是心中最想問的問題。

「築今你在我這邊煮飯打掃……你都不會覺得不甘心嗎？」

總會不甘心吧？明明可以在冥府好好的工作，突然被任性的我抓來當區區人類的助理，然後因為一場意外又得當這個人類的保姆，每天煮三餐之餘還要打掃家裡……

怎麼可能會甘心呢？

助理二號一臉訝異地反問：「怎麼會不甘心呢？」

「在冥府因為戰爭收緊出境條例的當下，我是極少數能夠正常來往冥府與人界的冥官。當佳芬的助理不只可以從原本不友善的工作環境抽離，在人界做自己喜歡的事情，還能在昱軒前輩底下學習。因為是佳芬的助理的關係，現在幾乎是殿主直接管轄的冥官。對我這個『民國』而言，這根本是可遇不可求的機會。」

築今說這些話的時候臉上滿滿的都是感激：「這一切都是佳芬妳給我的。我會好好珍惜這個機會。」

我有些失神，築今的表情讓我想起了消散前的詠詩和孜澄。

我很想叫築今不要這樣子感謝我……因為我真的很害怕下一秒築今就會變成一點點的綠光……

在綠光從眼睛周圍瀰漫，乃至淹沒我的眼睛所及之處前，我趕忙把視線從他的臉上扯開

——

但我還想繼續問下去。

我低下頭，抓緊衣角，細聲且小心地詢問：「那麼昱軒呢？昱軒是行刑人，在冥府的名聲也不錯……」

「昱軒前輩喔……我是沒辦法去揣測昱軒前輩的想法啦！我跟昱軒前輩還沒有熟到這個程度，但是……」

但是……？

「但是……佳芬妳要不要先吃晚餐呢？妳吃完之後我再繼續回答妳的問題。」

「……你這是把我當小孩子嗎……」竟然給我用條件交換！

「沒辦法，佳芬妳都沒有好好吃飯。殿主給我的任務就是要照顧妳的身體，確保妳吃飽睡好。」

雖然心中不大高興被助理二號當成小孩子對待，但我內心深處明白築今是為了我好。

「只要我吃飽睡好你就會回答我的問題嗎？」

「是的。」

「你不會騙我嗎？」

「簡小姐妳是被騙大的嗎？」說完築今馬上就知道自己錯了，馬上道歉：「對不起，我又叫錯了。」

「沒關係。」我儘量忽視這個稱呼給我的不適。在築今的眼神鼓勵之下，我拿起叉子將食物送進嘴巴。

「你的義大利醬調得太重了。」

「有嗎？我明明按照食譜上的做了……」看見築今苦惱的模樣，我還是忍不住彎起嘴角，笑了。

我知道，我知道冥府是為了我好。不管是對我的記憶做的更動，還是我身邊冥官的調度，抑或是極力想瞞著我的事情，這一切都是十位哥哥共同決策出來，他們覺得會對我好的安排。

我真的知道……

也正如築今答應我的，見我願意吃東西後他便拉起椅子坐在我旁邊，開始與我聊起昱軒。

「昱軒前輩啊……佳芬妳可以完全放心，當妳的護衛和助理的能力需求很高。所以妳完全不用擔心昱軒是被貶職還是怎的。有聽其他前輩說過，當了妳的助理之後，昱軒前輩變得

溫和許多呢！」

「他不是原本就這樣嗎？」我一開始遇到昱軒的時候，他就已經是一個很溫柔的人，還很有耐心，各種包容我的胡鬧和奇怪的要求。

「沒有，昱軒前輩以前很兇的！雖然我太年輕，沒真正見識過前輩凶巴巴的模樣，但陸續聽來的一些傳言跟現在的前輩形象簡直天差地遠……」

「……可以再多跟我說一些昱軒的事蹟嗎？」

「好像是百年前吧，昱軒前輩曾經嚇哭新進的行刑人——」

「是有那麼誇張嗎……」

「就是這麼誇張！佳芬我跟妳說……」

由於聽到許多驚世駭俗的東西，不知不覺中我還真把他準備的料理全吃完了。築今看見空盤的時候黑色的眼淚都快從眼眶落下了。

我準備回房間讀書時，築今的聲音自廚房傳來，「說來，佳芬妳知道今天有人跟蹤妳回來嗎？」

「跟蹤我？誰？」

「不是內境人士，但是觸動了魏大人的警示禁制。魏大人剛剛有捎訊息告訴我，想必也有通知妳吧？」

我翻出一路快走回家沒有滑的手機，蒼藍果然傳了訊息來：

妳家直屬學妹，最近小心一點。

訊息底下還附上了彥霓在我家樓下徘徊的三秒鐘影片。

問題是，蒼藍拍攝的這個角度不可能有監視器，所以這個影片是哪邊來的……

……算了，去跟蒼藍計較邏輯和現實可行性好像很不實際。趕快吃飯睡覺好像比較重要。

只希望彥霓不要涉入太深……

第二天，彥霓在我午休的時候，神秘兮兮地送了我一條手工製作的手鍊。她的手腕上也掛著一條同樣款式的手鍊，只是她的手鍊明顯纏繞著不祥的氣息，我的則十分乾淨。

……這是在測試我，對吧？

「——蒼藍，可以幫我一個忙嗎？就我直屬學妹啦……」

「某個無良的法師建議妳直屬學妹送有詛咒的手鍊給妳，如果妳真是有『無形能量』幫助的人，那詛咒自然就會被化解。詛咒很輕微，只會讓妳感冒個三天而已。」

「那為什麼她自己戴的是有詛咒的手鍊？」我十分確定彥霓送我的手鍊是乾淨、沒有任何詛咒的普通首飾，這點蒼藍證實過了。

「因為她不想傷害妳，又相信妳一定會幫她，所以就自己戴著了。」

那個笨蛋……甚至不惜拿自己當實驗品，彥霓這般對我盲目的信任真的好嗎？

想到這裡我就更頭痛了。雖然說彥霓這麼做我有那麼一點感動，但她知道得更多反而會更危險啊！我到底要怎麼讓這個學妹離我遠一點……

「現在妳知道我們之前的煩惱了吧？」蒼藍見我苦惱的樣子幸災樂禍道：「我們都說過了，內境的運作跟人界和科學並不一樣——」

「我知道、我知道，知道越多越深入反而更容易招來危險……」這回真的是風水輪流轉，以前是冥府和蒼藍各種阻止我更加深入，現在是我全力防止彥霓踏入我這邊的世界。

「倒是你，你怎麼問得那麼詳細的？」

蒼藍輕鬆地聳肩，「拷問法術加上簡單的幻術假扮成妳的樣子，妳的學妹就什麼都招了。」

「彥霓不會有什麼後遺症吧？」

「不會啦，妳當我是誰？」

「靠，我哪裡知道你是誰？除了你很厲害之外我什麼都不知道好嗎！」

被我回嗆一個，蒼藍不但沒有繼續拌嘴，反而饒有興致地看著我，「沒有繼續追問下去呢！這次學乖了喔？」

「……我問了你就會說嗎？」

「當然是不會。」

「那我就沒有追問的意義了。」我雖然對眼前的肥宅高中生道士的來歷有點猜測，但對方不想說我也不會逼他，免得真正惹怒他之後我就少了個強而有力的後盾。我自行把話題拉回彥霓身上，「那麼我應該不用擔心善後的部分吧？」

「放心，詛咒物和記憶都已經處理掉了。」蒼藍一反方才的輕浮，突然很正經地跟我說道：「不過我覺得她快要產生抗性，我應該沒能再修正幾次她的記憶了。妳要認真思考，是要隱瞞到底還是對她坦承。」

「原來我有選擇權嗎？」對於出現「坦承」選項感到意外的我反問道：「如果我要隱瞞到底的話？」

「那我會建議妳開始思考要怎麼疏離她，甚至離開現在的職場。她離妳太近了，這只會讓妳和她的情況更險峻。試想想，她像隻無主的緝毒犬一樣亂刨亂挖，真被毒販抓到了只會被打死，還會被循線追回。」

我又不是那隻緝毒犬的主人……但我能夠明白蒼藍的考量。

「那麼如果我要坦承的話？」

「那就該好好跟她介紹妳的另一份工作了，越快越好。」

……就算坦承了，彥霓真的能接受嗎？而且不能只承認看得見嗎？我真的要坦承的話怎

麼樣包裝才看起來比較不像瘋子？還是說直接離職搬家搞消失比較恰當……

「叮叮叮……」玄關上的風鈴敲出清脆的聲響，我立刻打開大門迎接今天的個案。

「哈囉——妳怎麼穿成這個樣子！」

我是不是太常穿睡衣和居家服諮商了？在家穿正常外出服開門的時候反而會嚇到個案。

「怎麼，不行嗎？」我反問回去，雅棠立刻猛烈擺手否定，「不是、不是，只是我看習慣妳穿T恤和睡褲了，突然看見妳穿裙子……妳什麼時候有這件裙子的？」

我低頭看向自己淡藍色的洋裝，「最近剛買的……有什麼問題嗎？」

那天因為在服飾店遭遇內境人士的緣故，導致我什麼也沒買，也不敢再隨意出門。眼見育玟學妹婚禮的日子就越來越近了，我只得硬著頭皮挑戰網購。

雅棠上下打量後道：「嗯……裙襬好像太長了。」

「靠，我知道我很矮啦！」

「——腰際線的位置也不大對，肩線位置也怪怪的。」雅棠關上門之後開始很認真地研究我的裙子，「袖子對妳來說也太鬆了，這樣不大適合。妳這件裙子是要穿出去做什麼的？」

「呃……我晚上要參加同事的婚禮……」

「不行，這樣不行。」雅棠雙手抱胸，眉頭緊皺地深思著。她突然想起了什麼猛地抬起頭，「等一下，妳說妳晚上要參加婚禮。妳有要化妝嗎？」

「這個……」

「佳芬……」

「我沒有化妝品啦！」平時都在醫院和冥府來回，也沒什麼特別重要的活動，到底為什麼需要化妝啦！而且我又不會化妝……

「妳不是有在賺錢嗎？至少也打個粉底上個口紅吧？不行，妳給我過來，我帶妳去買——」

什麼？雅棠剛說了什麼？

雅棠化形之後，便把我拖去附近的美妝店買了一些基本的化妝品。就算我用「怕被內境人士看到」做逃跑的藉口也只換來雅棠一句「敢跟我們正面對決就來啊！」我也只得乖乖地遵照她的指示……在她強迫我之前。

基本上而言，選色和選品牌都是雅棠做決定。我只是很乖的把手伸給雅棠讓她一一試色。轉眼間，我就抱著粉底、口紅、眼影和眉筆結完帳了。回到家裡，雅棠也沒閒著，馬上幫我重新量了尺寸，跟我要了針線包，飛速修改我的洋裝。

「我第一次知道妳會修改衣服耶……」我望著雅棠一針一線縫衣服的樣子，忍不住說道。

雅棠沒好氣地說：「我好歹也是晉朝出生的女人。那個年代縫紉是每個女人必須學會的

基本好嗎？」

也是啦……以前的女生都被關在家裡。縫紉、刺繡、紡織都是必備技能，才嫁得出去。

早知道我就找雅棠修改衣服了，要知道身高 150 公分的我很難找到適合的衣服耶！鞋子也因為腳太小都只能買童鞋……

「那麼化妝呢？」

「有興趣自然就會關注一下。妳當我只會守著遊魂服務中心嗎？守著的時候拿幾本美妝雜誌來看也可以吧？」

我還真沒想過……突然覺得自己連鬼都不如，她還會關注人類的美妝和流行，而我……

「好了。」雅棠放下針線，把裙子放到我手上，「快去試穿，應該會合身沒什麼問題。沒問題我們就來化妝吧！」

「現在才四點！」我抗議道。育玟學妹的婚禮是晚上六點。

「妳以為只需要化妝而已嗎？妳還要整理頭髮啊！我還沒有魏蒼藍大人的法術保護妳的電器，不能動電棒捲，但至少把頭髮簡單編一編——」

「就不要跟我說妳連編髮也會——」

「我會又怎樣？現在給我去換衣服！」

換衣服的時候，我有被雅棠的巧手驚嘆到。明明是同一件裙子，修改前和修改後穿在身上的效果完全不一樣。肩線更貼合自己的肩膀，修改過的腰際線更修身材，裙襬也從原本尷尬的長度變成膝下。雅棠滿意地看著自己的成品後，便把我叫到書桌前，開始幫我化妝。

「妳都快要可以當造型師了。」從衣服修改到妝髮全部一手包辦的那種。

「沒辦法，有時候真的很無聊。也不是每天都有遊魂需要領路的。」雅棠一邊幫我上粉底一邊說。

整個化妝過程我都維持沉默，就只是照著雅棠的指示睜開眼睛、閉上眼睛，讓她為我化上妝容。

「好了，妳自己看看。」約莫一個小時候，她把鏡子遞到我手上。我看著鏡子中的自己，瞬間覺得有點陌生。

果然是化妝的威力嗎？感覺黑眼圈、痘疤、氣色差那些缺點都被遮掩過去了。

原來，如果我睡飽吃飽精神好的情況下，就會長得像這樣嗎？而且，雅棠真的有為場合做考慮，只幫我化了淡妝。

不過，如果雅棠能夠遮掩這些缺點，就代表她也發現這些瑕疵了吧？

「佳芬，妳最近有變瘦喔。築今不是在妳這邊服侍妳嗎？怎麼還能讓妳變瘦呢？」

果然。

怎麼說呢，因為有時候真的完全沒有胃口……就算知道一整天都沒有吃東西，就算知道

築今的廚藝很好，但就是完全沒有想要吃東西的感覺。就算在築今的勸說之下多吞了幾口，也只感覺到反胃。

「為了裙子穿起來好看一點，最近有節食。」我撒謊道，但總感覺雅棠不會相信。她淡淡看了我一眼，撿起梳子開始為我整理起頭髮。

「我今天是來找妳諮商的，妳應該沒忘吧？」

「我沒忘……只是剛剛妳在幫我化妝，我應該不方便講話吧？」

「妳說謊。我可是有聽說妳都能一邊洗廁所一邊諮商了，但妳剛剛是全程不說話。」

我知道……可是我沒有布置合適的環境真的可以進行諮商嗎？而且個案還是雙手在忙碌的狀態……

我還沒說話，雅棠就先開始講話了，

「上次妳不是叫我跟江霖坦承我的過往嗎？」她把我的頭髮分成好幾束，一束一束地編髮，「我告訴他了。」

「結果呢？」

我看不見雅棠的表情，只聽得見雅棠輕鬆的口氣：「他竟然罵我『白癡』。」

「嗯？為什麼？」

「很有趣吧？我擔心他們落得消散下場的這個舉動，竟然直接獲得了『白癡』兩個字。」雅棠一邊感嘆著，手上的動作卻沒有因此慢下來，「江霖說：『如果這是雅棠前輩擔心的事情，那妳可以不用擔心。我不會死在戰場上的，會一直陪在妳身邊。』」

這……是在告白吧？這絕對是在告白吧！這就是所謂的辦公室戀情嗎？基於我沒有說話，雅棠自己說下去了：「他還說如果我擔心的話，那就把他們全部訓練得強一點，就算用行刑人的規格訓練他們也無所謂。這樣才能一直陪在我身邊當我的部下……」

「但妳不覺得江霖才是笨蛋嗎？明明從頭到尾就不是強弱的問題啊……而是我的決策問題。」

「……畢竟最近才又因為我的判斷失誤，讓詠詩幫我代班去守護妳，才導致她消散的不是嗎？」

突然聽到詠詩的名字，我的心跳停了一拍。如果是平常的我，我可能會馬上回頭給她一個擁抱，說著「詠詩的死不是妳的錯」，又或者拿一隻拖鞋從頭上狠狠敲下去，大罵著「詠詩的死又不是妳的錯妳在自責些什麼！」

但現下我什麼也不能做，我只能自問自己：我真的有資格諮商雅棠嗎？我不也是在自責的情緒不斷鑽牛角尖，繞不出來的那人嗎？我不也是被綠色光點糾纏到現在的人嗎？

「但佳芬妳知道嗎？詠詩消散之後，其實我心中有很大一部分是慶幸的……幸好是只跟我不到一個月的詠詩。如果那天我派的是江霖，又或者我的其他部下，我覺得我一定會崩潰

的——」

她用髮夾把辮子固定在我的頭上，再用剛裁下來的裙襬簡單縫了個蝴蝶結綁在頭上做裝飾。

「……佳芬，有這種想法的我很自私對吧？」

是很自私沒錯。但如果是我，妳叫我在不認識的冥官和昱軒當中做選擇，給我幾百次我都會選擇讓昱軒活下來。

應該說自私才正常吧？誰會把自己重視的人推出去送死？

就好像當時閻羅給我的選擇題，冥官和人類我選哪邊？我無論如何都會選擇冥官。

「好啦，這樣就可以了。」雅棠一反方才惆悵的口吻說：「妳等等就搭計程車吧！別壓壞我那麼精心幫妳設計的髮型和妝容喔！」

「好……」我有點遲疑地回應道。雅棠這時對我已經不多加理會，逕自收拾桌子。

我終於忍不住，對著她的身影喊道：「雅棠，我覺得妳應該要學著原諒妳自己。」

她回頭，笑容中滿滿的苦澀，「我知道啊，這不是我幾百年來一直在學習的事情嗎？」

「——但妳可能缺了一個同伴。」我接著說：「如果妳不嫌棄的話，我可以當妳的同伴……我們一起學習如何原諒自己，好嗎？」

她撇開頭，我還以為這是不接受提議的肢體語言……直到我發現她注視的是桌上的某樣東西。

昱軒所撰寫的，宋孜澄事件的報告書。

「妳翻開了嗎？」雅棠問道。

「沒有……」我沒有勇氣去翻開，去面對他們的消逝。

「真巧，江霖寫給我的詠詩消散報告書我也還沒看。」雅棠露出真誠的微笑，「總有一天，我們一起打開看，好不好？」

我們一起原諒自己，一起面對自己的錯誤，好不好？

「好啊，就這麼說定了。」我點頭道。

「總有一天。」

「總有一天。」

晉雅棠

主訴：過度保護下屬的長官。

治療評估：個案已告訴下屬過度保護的緣由，下屬給予正面回應，但個案對交辦困難任務予仍有恐懼。

處置：已同理個案感受，並承諾共同面對內心創傷。續觀。

「佳芬！妳也太漂亮了吧！」還沒落座，小魚就浮誇開口：「頭髮還編髮！是特別砸錢去做造型了嗎？」

「沒有啦，」我輕描淡寫地說：「剛好有個會做造型的朋友手癢幫我弄的。」

技術上而言我沒說謊，只是那朋友出生於晉朝，是個死人。

「好好喔，我也想要會妝髮的朋友……」另一個學姊羨慕地說，我依然世故地回應：「學姊自己畫的也很好看啊！」

雖然是場面話，但學姊還是很開心。與我同桌的女性也順著下去，聊起了化妝品和包包，我也就靜靜地吃花生。雖說我對化妝品和包包都沒興趣，但是我還寧願她們聊口紅顏色，也不想要在婚禮上聽到工作。

「學姊，妳今天這樣穿真的很漂亮呢！」彥霓也沒有加入女性話題中，選擇了與我聊天。我感覺得到她的視線在我的肩膀和腰身間游移……

更確切來說，她應該是在研究衣服修改的痕跡。

深知我的交友情形的彥霓一定是在思考我那位「會妝髮的朋友」究竟是哪位。順帶猜想我怎麼突然有那閒情逸致認真打扮，甚至還把衣服拿去修改了。

雖然說彥霓打量的眼神讓我不大舒服，但她都沒發問，我就沒有阻止她繼續打量，想看就讓她看個夠。

彥霓她……也沒能再看幾次了吧？我暫時從她的視線中消失應該還是比較好的做法吧？就算彥霓現在看起來對我百依百順的，我就不相信我把陰陽眼的事情告訴她後，她真的能夠全然接納我。

不會有人類接納我的，因為對人類而言，我是個滿嘴謊言的騙子，還曾經被診斷過有精神疾病。

我之所以還能在這邊享受正常人的時光，只是因為同事都被瞞在鼓裡而已。如果有一天我的過去全被惡意翻出來，他們就會用有色的眼光看我。這個我最懂了，因為歷史不斷地在我待過的每一間學校上演，直到挑了個離家超遠的地方讀大學才阻止了同樣事情的發生。

不免會覺得對彥霓有些抱歉啊……大學兩年加上現在這幾個月的相處，不難看出彥霓是個很單純善良的好學妹。如果沒有冥府的因素存在，或許可以嘗試做個朋友……

「是說佳芬，妳怎麼沒帶妳的男朋友來呢？」

妳們是怎樣把話題帶到這裡的？剛剛不是聊名牌包聊得很開心嗎？

「對啊！帶來給我們看看不好嗎？我看妳藏得好隱密啊！妳的社交帳號上面一張他的照片都沒有。」

因為他不是我的男朋友啊！化形的冥官能夠在電子儀器上留下身影我也是近期才知道

的。之前我也不會無聊去拍冥官……誰想拍一團空氣啊！

「他不是我男朋友！」我馬上轉移話題目標，「也不只我一個沒帶男朋友吧？智雅學姊也沒帶老公來啊！」

「我老公要在家裡顧小孩啦！」智雅學姊說：「老三才五歲，正頑皮的時候，不能沒有大人看著。」

「倒是……」智雅學姊和小魚幾乎是同時把視線投向彥霓，「彥霓，妳的警察朋友到底升格為警察男朋友了沒呀？」

彥霓有點羞澀地道：「……上個禮拜告白了。」

「這是妳的第一任男朋友嗎？」八卦小魚再度上線。但對於這個問題，我也很好奇彥霓會怎麼回答。

「之前也有交過，但經驗都不大好……」

「經驗不大好」還真是委婉的說法啊！身為她的直屬，我當然知道彥霓的爛桃花有多強。坎坷的戀愛史中，前兩任都是外遇收場，第三任則是差點演變成家暴……沒有真的變成家暴的原因還是因為彥霓身手夠好，躲得開也跑得快。而這三段戀情全都發生在彥霓大一的時候。

我大概也是聽到彥霓差點被家暴的消息後，把自家直屬學妹抓來促膝長談，衷心勸她寧缺勿濫，別當濫好人隨便答應別人的告白。

讓我欣慰的是，彥霓真的有聽進去。而在她當上合氣道社社長，還在迎新時把高她二十公分的肌肉棒子學長反覆摔到跪地求饒後，大學期間的彥霓就再也沒談過戀愛了。

彥霓的強悍完全跟她的顏值成正比。

「沒關係，好緣分永遠不嫌晚。之後記得帶來給我們看喔！」小魚學姊說，還不忘戲謔地指著我：「別像妳學姊這樣，一直死不承認。」

「就真的不是嘛……」我有點委屈地道。

很快的，燈光暗下，在主持人的主持下，新郎緩緩走到紅毯中央，靜靜地、緊張地望著紅毯另一端。

其實我也知道這一切都是一場秀，滿足賓客祝賀心情的表演，順道給雙方父母的親友一個交代。

說實話，這些大費周章又燒錢的儀式真能代表幸福嗎？有時候幸福就只是表面，表演給外人看以維護自己面子的東西。說不定回到家兩人就開始吵架，還沒蜜月就離婚也不是沒可能。

我臉上禮貌地掛者祝福的微笑，望著一身白紗的育玟學妹，心裡卻是這般酸葡萄地想著。

可是當投影幕播起兩人相識相戀的過程，我才發現我自己還是有點羨慕。

……我果然還是希望除了陪伴，有更進一步的關係嗎？

但就……不可能啊……這不是我很早就知道的事情嗎？

因為不想再審視自己不會開花結果的感情，我把視線自投影幕移開，趁著所有賓客都專注在新人童話故事般的愛情故事時，四下觀察賓客們的表情與反應。也是這個時候，我才留意到宴會廳的角落有個瘦高的人影異常熟悉。

「學姊，妳在看什麼？」彥霓首先注意到了我遠眺的視線。她悄聲地問道。

我在看什麼？我在看自己的弟弟啊！為什麼佳歡那傢伙來南部還不跟我說一聲？

「那個人……應該是我弟吧？」話才剛講完，佳歡也注意到我正在看著他。他先是愣了一下，像是訝異我怎麼會剛好出現在婚禮上，然後才笑著跟我揮手打招呼。看他另一手持著相機，應該是在工作……吧？

我弟什麼時候是攝影師了？

「妳弟在做婚攝嗎？」

「我也不知道……」基本上而言，我們家雖然只稱得上小康，但還不至於需要小孩大學得出去半工半讀的程度。以我爸的收入，我與佳歡讀大學的時候從沒煩惱過學費和生活費的問題，所以佳歡會跑出來當婚攝我也是很意外。而且我從來不知道自家弟弟有攝影的興趣。

很快的，我的手機響起訊息聲，一點開來果然是佳歡傳了訊息過來。

佳歡：我在上班，工作結束有空再找妳。

所以還真的是婚攝嗎？

影片播畢新人便再度進場，原本在角落待命的佳歡立刻湊到新人前面，鏡頭絲毫不放過新人的動作一秒。他看起來很熟練，應該接過不少工作了。

「恭喜育玟！」

「謝謝，也謝謝你們能來。」逐桌敬酒的育玟笑得很開心，還不忘跟她丈夫介紹我們，「他們是我的同事，這是我們家的阿長，還有小魚學姊……對了，這個是佳芬學姊，就是我跟你說前幾個禮拜住進加護病房的那個學姊。」

可以不要這樣介紹我嗎？我實在不想以這個方式被記住。雖然心裡這麼想，但我還是滿臉笑容地遞上祝福，「恭喜學妹。」

「育玟偶爾會跟我提到你們，平常多謝你們的照顧了。」新郎官很有禮貌地說，然後大家舉起酒杯——

也是這個時候，我注意到了育玟露出的手臂上有奇怪的淤青。而且是類似人的手印，還有類似繩子的勒痕。

我第一個想法是：育玟被家暴了，第二個猜測是育玟跟她老公的性生活真的很精彩。但當我看見不只育玟，就連男女雙方母親手上都有類似的淤青，男生則是因為全部都穿長袖無

從得知。不過新郎的脖子似乎也有相似的痕跡……

該不會……育玟的婆婆又買了奇怪的佛牌了吧？

嗯……這個程度不處理好像不行，回去的時候再麻煩昱軒或雅棠好了。

「佳芬，續攤嗎？」

雖然說我們十人剛好像吃了整桌的菜，但是興致上來的小魚才剛走出飯店門口就回頭問我們要不要去酒吧繼續喝。

「我就免了。」我連忙拒絕，我可沒忘記上次喝酒的我幹了什麼蠢事。「我跟我弟有約，應該會陪他去吃宵夜。」

同事們知道我跟佳歡有約也沒多說什麼，幾個人去喝酒的喝酒，回家顧小孩的顧小孩。連陪我等佳歡下班的彥霓都先等到了警察男友開車來接她。

飯店門口瞬間只剩下我一個人。

夏夜的晚風依舊帶點微涼，只穿一件短洋裝還是感到些微寒意。高跟鞋穿起來不甚舒適，附近又沒有可以讓我坐下等人的地方。

……早知道就先回去換衣服和鞋子了，最多再跟佳歡另外約時間。我哪裡知道佳歡什麼時候工作結束。我掏出手機，正專注打字傳訊息給佳歡的時候，頭頂的路燈突然閃爍了一下。

「妳今天這樣穿很漂亮。」

我將視線從手機上移到說話的人身上，他今晚沒有穿行刑人的制服，而是化形後會穿的黑色襯衫和西裝褲，一手提著一個紙袋。

他站在路燈底下，橘黃色的燈光打在他身上形成了光影，畫面有點夢幻，當下我竟然看得入迷了。

「你怎麼會出現在這裡？」昱軒現在是可視模式，跟他講話不用顧慮我會不會被當精神病，但還是要慎選用詞，「如果被看到的話——」

「妳同事都已經離開了，包括妳的直屬。」昱軒顯然誤會了我的意思。其實我更擔心的是他如果被內境人士目擊到會有危險。他舉起手上的袋子，問道：「要換雙鞋子嗎？高跟鞋應該很不舒服吧？」

「呃……好。」我有點遲疑地說，主要還是疑惑他出現在這裡的原因，「你為什麼會過來？不是說最近我身邊的『人』要盡量少一點嗎？」

「妳猜猜看？」昱軒突然拋出個謎題反問我，我也只好順著他的意思開始推理，反正穿鞋子不用動腦，閒著的腦子這時候運轉一下也不錯——

——不然我現在滿腦子都是方才昱軒站在路燈底下等我的畫面。

「我想想喔……你們都已經說要減少保護的情況，你卻突然出現要接我回家……所以這

是『護送』吧？你們希望我直接回家，不要去別的地方。連鞋子都帶來就表示你想要繞別的路，而且是用走的，所以等等我應該沒辦法坐計程車回去了。需要我特別繞開完全避免我進去攪和，附近是發生了什麼事嗎？」

昱軒聽完後先是愣了三秒，才訕訕然地說：「……妳這個推理能力不當偵探真的太可惜了。」

「我是你們的心理諮商師，不也物盡其用了嗎？」

「據我所知，心理諮商和推理查案是兩個完全不一樣的事情。」

「不就都是憑藉線索去猜測對方在想些什麼嗎？本質上還是一樣的。」

「還真說不過妳。」昱軒不再與我爭辯，回到了為什麼我需要特別被護送的原因。我只能說，他和我說明育玟學妹全家被「髒東西」纏上的時候，我一點也不意外。

「——有一組內境人士正在介入。如果預測沒錯的話，主戰場會在飯店的地下停車場。」

這還不衰爆，新婚第一天連新房都還沒踏入就被怨魂攻擊，不就幸好婚禮已經辦完了，不然也太掃興了——

「不對……」我突然想起這場婚禮除了學妹全家之外，還有一個對我很重要的人，「我弟他——」

「妳弟弟？」昱軒皺起眉頭，「佳歡？怎麼突然提到他？」

「佳歡顯然在兼職當婚禮攝影，我也是今天才知道的。」我有點憂心地：「他應該不會怎樣吧？」

「一般而言，人類都在內境的拯救範圍內。應該不會有事的，但是我可以請人幫妳照看一下。遠遠的監視應該沒有問題。」

「如果被發現的話——」雖然我也很擔心佳歡，但是冥官會不會……

「我們不會怎樣的，就只是遠遠地監視——算了，我找蒼藍好了。這樣妳應該比較不擔心。」昱軒無聲地嘆了口氣，接著轉動他流蘇上的珠子，這是他們冥官之間的聯絡方式。但苦於我不是冥官，我沒有辦法與他們一樣用流蘇當聯絡工具。就算到現在都只是用點沉香的方式，而且聯絡窗口永遠都只有閻羅和昱軒兩人，還只限我家那個供桌。

反正有召喚冥紙和喚名可以用，所以說實在真的還好。倒是……

「蒼藍可以使用流蘇嗎？」我比較好奇的是這個。

「他有他自己的方式。不然妳覺得我們一直以來都是怎麼聯絡蒼藍的？」昱軒反感地說，他對需要拜託蒼藍這點還是有點抗拒。但在我眼裡，他們雖然討厭歸討厭，對於蒼藍的事情倒也是保密到家，一個字都不曾說漏嘴。

此時，手機多跳了佳歡傳來的訊息。

佳歡：我今天的工作應該很晚才會結束了。明天我再去找妳。

我回了個「早點休息」後就在昱軒的陪伴下往家的方向走去。期間不免回頭看了好幾眼飯店的建築……

有蒼藍在，佳歡一定會沒事的。

從婚禮回來的那個晚上，我做了個夢。

夢中，還小的佳歡牽著我的手躲在我身後，戰戰兢兢地邁開小小的步伐。我和佳歡身邊或立或臥著各式各樣的墓碑。那時是冬天，離清明尚久，每個墳頭的草都長及我倆的腰，有些甚至都快掃到我的下巴——

遠方突然響起傳來如野獸般的嚎叫聲，佳歡被突如其來的叫聲嚇得雙手並用緊緊抱著我的手，彷彿我是他救命的最後一根稻草。

「姊姊，我好怕……」佳歡顫抖著，驚疑不定地說。

「不用怕，有我在。」我輕聲地說道：「姊姊會保護你的。不只我，五官哥哥也會保護你的。對吧，五官哥哥？」

位居第六殿的五官王正握著我的手，溫柔地說：「我會保護你們兩個的。你們都是勇敢的好孩子，現在開始不要回頭，我們就快到出口了喔！」

「好！」

「好……」

雖說叫我們不用回頭，但是身後的慘叫聲與嘶吼聲還是難以忽略。但有五官哥哥在，我不需要感到害怕。

墓園出口處——又或者說入口處有好幾盞大燈，再加上警車上不斷旋轉的紅藍警示燈，照亮著理應死寂的深夜墓地。

警車旁有許多大人已經準備好手電筒，他們正激烈地討論著。一對夫婦正跟警察們詳細地形容佳歡的特徵……

「隊長，你看——」

「孩子回來了！」

聽聞搜索隊驚呼的夫婦回頭，見到失蹤一個晚上的兒子毫髮無傷地出現在警車旁邊，高興得不顧孩子身上的髒污直接抱上去，彷彿這時候鬆開擁抱兒子就會再度消失不見……

在這種全家大團圓的感動戲碼卻缺了一個人。

我趁著沒人注意的時候偷偷回到車子後座，靜靜地看著外面喜極而泣的父母和眼神有些呆滯的佳歡。

「我們修正了他的記憶。佳歡太小了，記住這種事情對他不好。」

「我知道。」我搖下車窗，對著站在車外的五官王說：「謝謝五官哥哥幫我找回佳歡。」

「佳芬需要什麼幫忙就說，我們都很開心能夠幫到佳芬的忙。」五官王稍微矮下身子，對著只有九歲的我問道：「但是為什麼妳不想讓爸爸媽媽知道是妳帶回弟弟的呢？」

「嗯……」想到這裡我就有點垂頭喪氣：「……感覺爸爸媽媽只會罵我，怪我帶佳歡到危險的地方……」

五官王有些憐惜地看著我，然後輕輕撫摸我的頭，「今天佳芬做得很棒。先來找我們求助而不是自己進入墳墓是很正確的選擇。」

「真的嗎？」

「真的。」五官王說：「以後有需要幫忙的地方要再跟我們說喔！佳芬要記得，妳還有十位哥哥可以給妳依靠。」

「好！」

然後我醒來了。

雖然說這算不上好夢，這陣子都睡不好，每次睡下去都會看到綠色螢光糾纏著我不放，但是這還是近期睡得最好的一次。

佳歡……應該不記得了吧？

【第二十一章】

真相／偵訊／癥結

「妳覺得呢？」

「……不是我要說，但這個店面規劃完全不能過關啊……」

「哪邊不過關了？我們可是把七七四十九間店面塞好塞滿啊！」

「這就是問題所在啊！」我一手拍在圖紙上面，另一手用力地指著有問題的地方……反正整張圖紙都有問題，指哪裡都沒有差別。

「第一，你們的動線規劃也太爛了吧！你們不是說沒有腹地面積的問題嗎？為什麼還規劃直直一條街的形式？是要人走到死嗎？然後到底為什麼藝文中心要設置在餐廳的旁邊，還是中式熱炒店！至少也文青一點的咖啡廳吧？還有還有——」

我口沫橫飛講了一大堆能夠改進的地方，包括把規劃從一條街模式改成商圈，餐廳集中到一區衛生比較好管理，再把一些藝廊或者表演中心和傳統技藝教室集中到另外一區。藝文類的底下設置一些文青咖啡廳……還有把青樓拿掉。

當然，看到自己最希望能夠在現世重現的青樓被畫上大叉叉的秦廣對此極度反彈：「為什麼！」

「性交易會把許多事情複雜化！屆時你就有處理不完的打架、爭寵了！說不定還會出現幫派、黑道——」

楚江此時很認真地幫長年老友說話：「佳芬，青樓不一定就會有性服務，也有那種賣藝不賣身的藝妓或歌妓啊。」

聽完，我毫不諱言：「楚江，我對你實在太失望了。沒想到你跟秦廣是同一類型的人。」

被中傷後的楚江王表情猶如天打雷劈，轉眼就見他躲到議事廳的牆角畫圈圈。

「嗚嗚……佳芬好兇喔……那天明明是我救了妳的說……」

餘下的殿主們與我見到這一幕，額頭上盡是三條線。

或許是覺得秦廣和楚江太可憐了，閻羅選擇在此時插入對話：「不然就由我與秦廣共同管理吧。然後就賣藝不賣身，我也不希望看到用閒暇時間經營興趣的冥官反而被傷害。」

有閻羅在背後監控，不得不說我安心了很多。至少我相信閻羅不會在檯面下亂來，也不敢有人在閻羅的眼皮底下進行非法交易。

聽見青樓可以如願出現在中立停火區域後，秦廣喜上眉梢，開心得連笑容都藏不住。

關於中立停火區的規劃，殿主們可能比我還上心。由於殿主們對現代人類的消費方式和喜好不盡熟悉，所以中立停火區從最一開始的草案到策劃我全都參與了一腳。

「為什麼你們不找蒼藍？」這大概是他們找上我之後我問的第一個問題。但他們全部都用一種「有苦說不清」的表情你看我、我看你，我也就不逼他們了。

倒是冥府決定在冥界與人界交際處設立中立停火區的決定，一公開便造成眾冥官的轟動。不少冥官馬上猜到是我給的餿主意，也對這個餿主意抱持不同的態度。部分冥官是支持

這項決定，認為強化冥府與人界的交流可以互相了解彼此……相對的，讓內境更加了解冥府只會暴露冥府的弱點——比如說：我。

雖然沒有正式統計，但是支持、反對、不表態的冥官大概各占了三分之一。

聊到最後，商圈的雛型已經成形，其中我還提醒殿主們不要忘記活人需要的公共設施，比如說公廁、飲水機、哺乳室、無障礙通道等等……

「佳芬妳真的只是急診護理師嗎？」平等王眼中閃過些許讚嘆：「妳也規劃得太周到了吧？連垃圾處理集中都想好了……」

平常負責軍事的輪轉王也附和道：「縝密到連停火區公約都幫我寫了，還有警備的安排。」

「不需要那麼佩服，我只是去網路上找幾張遊樂園地圖，參考著上面的公共設施和園區規劃，再配合你們冥府的情況做更改。如果你們需要，我下次可以帶下來給你們看。」雖然我一如往常只出一張嘴，但我可是有認真做功課的呢！再說了，中立停火區可是冥府的門面啊，不搞得氣派一點，只怕被內境看扁了。

「那麼今天的會議就先到這裡，每個人各自分工應該都有記得了吧？不記得的話宋帝應該手上應該有紀錄，大家可以跟他拿。」

被點名的第三殿的宋帝王也是位話偏少的殿主。他是沒到卞城王那麼誇張，卞城王一場籌會上一個字也沒講就靜靜地領了工作回去，跟大夥的交流僅限於眼神與手語交流，重點是大家都看得懂，還能幫他翻譯……

只能說，幾百年的合作關係培養出來的默契，與我這個突然被認下來的乾妹妹相比高下立見。

回到宋帝王身上，要說宋帝王有什麼特色的話，第一大概就是很清秀的五官，那張臉也是會讓男性同胞開始懷疑自己性別的程度。但在冥府有白無常穩坐「美男子榜首」的情況下，宋帝王僅僅只是普通的美男子。

第二個特色……大概就是對自我要求極高，幾乎事事要求完美，這份完美主義也連帶影響了整個第三殿，搞得第三殿的冥官個個壓力山大。不少舒壓相關的諮商都是第三殿的人。

我問過，對比現在的西曆，宋帝王是處女座沒錯。

「那麼佳芬，妳還想要去哪裡嗎？我可以陪妳──」黔川哥說，我馬上婉拒：「沒關係，我等一下人界還有事情，直接送我回去就好。」

跟十位殿主道別後，黔川哥一揮手，一團灰霧在我身邊聚集，遮蔽我的視線，很快地我就回到自己的身體裡面。

幾乎是馬上，掛在玄關的風鈴響起，而且吹動它的人顯然很急躁……能把風鈴吹到快解體我也是很佩服。

「來了、來了。」我在風鈴散架之前趕緊開門迎接。一打開門，這次的主角如同暴風一般席捲進屋——

「他們真的是一群蠢材！到底為什麼一個會議能開這麼久？我都跟他們說過紀念品店不適合放在一起擺中間了，他們就偏不聽，一定要佳芬妳說出來才甘願改！還有青樓的部分，秦廣初步提案的時候我就想要擋下來了。那傢伙到底懂不懂什麼是風險評估？如果冥府設立的中立停火區傳出去變成淫窟，這個形象要怎麼挽回？就算閻羅過後折衷允許賣藝不賣身的作法我還是不同意！我們都已經有現代的演藝廳和音樂酒吧了，到底為什麼一定還要保留青樓這種風俗……可惡，誰叫現在閻羅話語權最大……」

宋帝王打從踏進我家門之後，嘴巴上的牢騷就沒停過。我還沒回過神，宋帝王已經自己坐到平時諮商的餐桌旁邊，繼續嚷嚷道：「跟這群人合作真的有夠煩！都已經幾百歲了為什麼連最基本的邏輯思考都不懂？不熟悉人類？就去考察啊！老董底下就有個在不只人界生活還娶老婆養小孩的元朝奕容，更何況我們還有一些在世界各地遊山玩水的術士，鎖緊出境政策之前還不是有一堆冥官不時去人界度假的……這些男生就是拉不下臉皮問人啦！」他唸到這裡還不忘記回頭詢問我的意見：「佳芬，妳覺得呢？我有說錯什麼嗎！」

我覺得……我覺得你應該先冷靜一下。但是冥官沒辦法喝普通的白開水，所以我又只能祭出冰箱的冥酒。酒杯才剛端在他面前，立刻就被他倒頭一乾而盡，放下酒杯的時候杯底敲出響亮清脆的「叩」一聲……

「再來！」

「那個，這裡是人界……」我小心翼翼地提醒道。

「我知道！我只喝兩杯，這樣總可以了吧？兩杯我又不會醉，倒酒！」

……不得不說，宋帝王說的是事實。論酒量宋帝王只僅次閻羅，要灌倒他的單位都要以「罈」來計算。所以在他的威壓逼迫之下，我只能乖乖地再倒一杯。這一杯見杯底的速度就跟上一杯一樣快。

「真是的，到底要怎樣才能讓那群大叔聽進我的話？為什麼他們就能夠接納妳的意見，還能夠理性討論……是因為妳是女生嗎？還是因為妳是我們的妹妹？」

類似的論點我在諮商宋帝的時候也不斷出現，只是我一直覺得這個不是重點，因為宋帝真的比較不會良好溝通……我也不是沒參加過十殿殿主的會議，殿主之間的溝通在會議上一目了然。

「要說女生我也是女生啊！我真的好後悔當年女扮男裝當冥官……只是聲音低沉一點就被當成男子，重點是我還將錯就錯，順著他們的思維裝下去，一裝就是九百年——如果我說出我是女子的話，是不是他們就會聽我的話了？」

是的，這就是宋帝王最大的秘密——冥府第三殿殿主宋帝王是「她」。

最誇張的是，冥府上下沒有人知道宋帝王的真實性別，就連共事幾百年的殿主們也一律不知情。

至於我是怎麼知道的，自然是某次諮商的時候宋帝王親口跟我說的。那也是三年前的事情，不然我也看不出宋帝王是女兒身。想來三年前，我都已經喊「宋帝哥哥」十幾年了。因為實在喊了太久有點難改，再加上宋帝本身還不想讓其他殿主知道這個「小秘密」，也有特別叮嚀我不要改稱呼，現在一樣叫她「宋帝哥哥」。

冥府近乎清一色都是帥哥美女，且男女制服差異不大，再加上古代人全數長髮的情況下，宋帝比較陰柔的輪廓只被當成美男子我覺得很正常。

至於數萬冥官當中究竟有沒有明眼人呢？應該有吧？只是沒人敢跟宋帝王求證，因為宋帝王不只完美主義出名，也以強悍凶狠的個性出名。就算真有勇者願意試探，猜對了也是死（死於知道太多），猜錯也是死（死於眼殘白目），死因究竟為何我就不相信勇者敢說。

「我哪裡知道現在的女性意識可以抬頭到這個程度，以前女性就只是男人的附屬品，連說話都要看丈夫的臉色。結婚就像賣女兒一樣，女性嫁過去也就只是夫家的奴隸……哪像現在，女孩可以跟男孩在同一間教室上課，還可以參政！這在以前的年代真的難以想像……」

宋帝好像跑題了，還跑很遠。依照過往經驗，她會開始讚嘆現代女性的社會地位跟以往的差異，羨慕我出生在這個時代有多麼幸福云云……然後繼續把其他殿主聽不進她說的話這點怪在性別上。

實話就是：其他殿主都認為她是男性啊……宋帝根本就不應該假設自己是因為性別問題而遭受差別待遇，因為性別歧視這點在殿主之間根本不成立。

但她聽不進去。

平時遇到聽不進人話的個案，我真的是二話不說就拿掃把出來。但是從小被宋帝訓到大，我還真的沒有膽量對她使用「物理治療」。而我針對這點也諮商了很多次，宋帝就是聽不進去，由始至終都在「其他殿主都因為我是女子而不聽我的話」這個論點打轉。

望向講得口沫橫飛的宋帝，我決定先讓她發洩完，剩餘的諮商技巧就……再說諮商過程中我也不能打人就是了。

「——說來我當時真的看走眼，以為能夠繼任殿主就一定是萬中選一的優秀人才，結果……」她說到這裡的時候突然自己消音，好似自己說錯了話。如果宋帝沒有突然打住，我可能也不會發現她說了什麼，就繼續敷衍地點頭。

「怎麼了嗎？」

「沒、沒什麼——」宋帝假裝什麼事也沒有發生過，舉起酒杯到我面前，「再幫我倒一杯酒如何？」

我順從地拿起裝有冥酒的塑膠瓶，冥酒清澈的色澤形成涓涓水流，此時宋帝沒有說話，

有那麼一瞬空氣中就只有倒酒的聲音。

「你們不是已經決定不要瞞著我了嗎？」此時我沒有看著宋帝，而是望向她手上的冥酒。

「佳芬，妳不要誤會……我們是真的有共識不再瞞著妳冥府與內境的事情，只是覺得有些東西妳不需要知道的那麼詳細——」

「宋帝哥哥，妳要不要聽聽看自己說了些什麼？」我的語氣很冷漠，一部分也是對宋帝的失望。

「我……」宋帝馬上安撫道：「佳芬我不是這個意思，我只是——」

我垂下嘴角，不悅地說：「妳究竟是不信任我，還是不相信我可以承受事實？我已經——」

「我說。」

宋帝突然給出意料之外的回覆，害我不免有些起疑，「怎麼突然又願意跟我說了？」

「畢竟我也覺得應該給妳一些心理準備，只是殿主們的共識……妳也知道的，我們一直都希望妳開開心心就好，不要涉入太深。」

太遲了，我已經攪和在裡面難分難解了。

雖說對她急遽改變的態度感到古怪，但我還是讓她說了下去。

「冥府與內境的大戰這已經是第四次了，而每次大戰的結果都是殿主們盡數消散，冥府戰敗。」

「這個我知道。」

「可惡，又是哪個混蛋告訴妳的？我們明明就口頭禁止過——」

「宋帝哥哥。」

「對不起，我們回到殿主上。」宋帝馬上回到話題上，「那妳知道冥官是怎麼成為殿主的嗎？」

我搖頭，這個我就不知道了。

「第一任殿主是由世界規則選出的，他們被賦予令牌，藉由令牌的力量守護冥府與人界的邊界。令牌的力量幾乎只有維持邊界和改變冥府境內地形的力量，僅此而已——」

怎麼從這麼遙遠的故事說起呢？但宋帝的表情看起來很認真，我不覺得現在打斷是個好主意。

宋帝的聲音比以往地還要沉著，複述著一段幽遠的歷史，「——所以第一任殿主在與內境戰爭時很快就全數被消滅了。殿主消散之後什麼也沒留下，只留下令牌……而最先撿到令牌的冥官便成為了下一任殿主。」

這麼的……簡單暴力嗎？就只是撿到一件信物便成為殿主了？

「當時沒人知道撿起令牌後就會變成殿主，只是一心想回收先任殿主留下的東西，絕不允許讓任何冥府的物品流落到內境人士的手中。也因此，第二任殿主們的能力極度參差不齊，很強的到很弱的都有。但他們這次學聰明了。第二次大戰時，他們在身邊配備了好幾位能力高強的近衛。不是為了保護自己，而是如果自己消散了，撿起他的人有足夠的能力繼續守護令牌。」

原來成為下任殿主繼續守護令牌才是近衛真正的任務嗎？這個任務的負擔也太大了吧！

我突然覺得當時害得明廷深降級回行刑人沒有任何罪惡感了。

「第二任殿主們在第二次大戰後消散了，然後是第三任……現在我們是第四任殿主。」

「妳不是說有冥府邊界嗎？如果在冥府死守不行嗎？」如果不是周迎旭消散前有跟我敘述過這個故事，我聽到這裡說不定會焦急到哭出來。端看我現在還能就矛盾點提問就能知道我還很冷靜。

「這就是令牌的極限了。妳要知道，冥府與人界的邊界並不像國界是一條線，而是更像氣球，吹得越大越薄。冥府經過這千年的擴建，邊界早就薄得不堪一擊，甚至能被人類用法術鑿穿，我們還為了整體邊界的強度放棄了一區，也就是冥府與人界的交界處——」

冥府與人界的交界處，中立停火區的預定地。

這樣子看來，中立停火區更不應該建設在那邊才對。放任敵人自由來去邊界真的好嗎？

但從提案初期開始，十殿殿主就有共識要把中立停火區設在交界處了。

雖然十位殿主都是蠢哥哥，但不代表他們在平常的殿主事務上是個笨蛋。雖說我的有些餿主意能通過也讓我很意外就是了。

但我更意外的是今天宋帝哥哥會願意告訴我這些秘辛。

「因為妳看起來很不開心。」宋帝哥哥轉向我，然後輕輕地雙手環抱住我。

「我們瞞住妳，是希望妳能夠開心，無憂無慮地過妳的人生。讓妳不需要煩惱我們與內境的恩怨情仇。但現在看起來，妳並沒有因此比較開心。」

「……有這麼明顯嗎？」我不住咕噥道：「那就早點跟我說實話不是很好嗎？」

「畢竟妳還小嘛——」

「不是這樣的吧？」

原本溫馨的畫風瞬間轉變。我的臉還是埋在宋帝的懷裡，但嘴上吐出的話語卻比她的溫度還要冰冷，「不是因為我看起來不開心才告訴我殿主如何繼任的吧？」

「佳芬……」

「你們已經決議能告訴我這些了吧？這本來就在『能告訴佳芬』的事項範圍內吧？」

你就想想，冥府可以上下聯合一氣對我隱瞞戰爭的事情，怎麼可能突然跳出一個人打破約定，把殿主繼任過程這麼重要的資訊告訴我，就只是因為「看我不開心」呢？

打破這個規定的甚至是最有原則、眼裡容不下任何汙點的宋帝……如果是五官或黔川哥我就相信他們會被我的眼淚攻破，但是宋帝這種理智隨時在線的人絕對不可能。

「佳芬，我這樣不也是把妳想知道的資訊告訴妳了嗎？」

「是你們本來就在想辦法要告訴我吧？只是不知道要怎麼跟我開口，這次的諮商剛好被妳逮到了機會而已。」我把宋帝推開，有點惱怒道：「所以是什麼？你們想要在有殿主因戰爭消散之前讓我做好心理準備嗎？希望我不要太難過？我告訴妳，我——」

然後我的眼角餘光出現了點點綠光。

……為什麼？

為什麼你們還不放過我！

或許因為我的表情轉變太過突然，也或許句子斷在一個太明顯的地方，宋帝順著我的視線望過去，「佳芬，妳在看什麼？」

「沒什麼——」

「佳芬，」宋帝換了一個問法：「妳看見了什麼？」

「剛以為有蟑螂飛過去啦！我們回到殿主的事情——」

但宋帝的固執和她的脾氣差也是一樣有名，她當然沒有想放過我的意思：「妳最近怪怪的。」

「哪裡有……」我試圖放低姿態，開始模仿起自己以前還是他們「無知乾妹妹」時代的說話方式，希望能用一雙無辜的大眼睛逃脫宋帝的問話。

「不要再否認了，」但宋帝不可能買單，反而鼓勵著我：「有什麼都可以跟我說，這妳應該知道吧？我們都很關心妳——」

「什麼也沒有！」

宋帝露出呆滯的表情時，我這才發現我剛吼了她。問題是這麼一吼，原本內心積存的情緒彷彿被鑿出一個小洞，無處可洩隨時準備潰堤的情緒突然找到了一個小洞，正源源不絕地流出。

殿主們……哥哥們會因為戰爭消散啊……

想要給我心理準備什麼的根本就不公平……我還是會害怕啊！

為什麼就不能所有人平安快樂地存在下去呢？

而現在，襯著那些糾纏已久的綠色光點的宋帝哥哥看起來就像正在消散，正在離開我……

我有注意到我的呼吸變快了，也注意到我正握緊拳頭，還有隨時準備流下來的眼淚……

但這些我都無法控制。我對自己的唯一控制只剩下言語。

「佳芬……我們都知道妳對宋孜澄的死一直很自責……」

因為我只剩下一張嘴巴，所以我哀求了。

「宋帝哥哥，可以拜託……不要提到他的名字嗎？」我把哽咽吞回肚子裡再卑微地說：「我求妳了……好嗎？」

我好怕你們也跟他一樣，就這樣離我而去……

宋帝哥哥沉默了一下，似乎是在決定要不要繼續追問，所幸她放棄了。她站起身，「好，我不說。」

此時我很想說「謝謝」，但我真的說不出口。因為我怕只要再多說一個字，我的眼淚就會不受控制地流下來。

顯然地，宋帝哥哥也注意到了這件事。她只說了「我下次再來看妳」隨即招來灰霧，自我的視線消失。

屋子只剩我一個人。

……真難得啊，屋子只剩我一個人呢。自從我出院之後，屋裡一直都有昱軒或築今。眼下宋帝的諮商提早結束，築今也不可能突然回來。

屋子裡沒有人呢……

意識到這點的我躲進房間把門反鎖。不一會兒，整個屋子迴響的都是我的哭嚎。

「簡小姐，謝謝妳……」

你們……放過我好嗎……

我求你了……

我看著在吃到飽餐廳拿到第四碗白飯的佳歡，再把視線移到已經堆成山的空盤，終於忍不住問了一句：「你是多久沒吃飯了？」

佳歡一邊思索著一邊把嘴裡的食物吞下後才說話，「嗯……昨天午餐之後就都沒吃了。」

「昨天午餐？」我震驚道，要知道現在是「晚餐時間」啊！這傢伙沒事絕食超過二十四小時幹嘛啦！「是沒錢吃飯嗎？沒錢的話我可以先給你生活費……」

「不是啦姊姊，只是工作太忙了，找不到時間吃飯。」

「連吞個麵包都不行嗎？」哪門子的攝影師這麼辛苦啊？更何況我弟還是兼差的，「我從上次就想問了……你什麼時候開始兼職當攝影師的？我之前完全沒有聽你說過。」

「大一開始的，那個時候有學長看我在玩相機，就問我要不要接案。就當賺點外快——姊姊妳不要用這種臉看著我，我能夠畢業的啦！是因為大四下學分都修完了，需要去學校上的課很少我才接案接得比較多。在這之前大概一個月做四到五天而已，但是賺得還不錯。」

佳歡不等我開口，就先把我擔心的部分強烈澄清：「姊姊妳要看我的作品嗎？」

也是可以……佳歡遞過他的手機，社群帳戶密密麻麻都是攝影作品。主要拍的還是人像，零星可以看到幾個婚紗攝影和角色扮演棚拍的作品，經營的似乎還不錯。而我看見這個

社群帳號的粉絲人數更是差點把嘴巴的食物吐出來。

十五萬。

這……算很多吧？絕對是大手等級吧？而且我弟還是兼差，早期甚至一個月只工作四五天——

我到底有多不瞭解我弟弟啊？

「之前有與一些比較有名的模特兒合作過，名氣有累積起來。但是業界都知道我還是學生不好約。不過這樣就更好了，單價可以再開高一點。如果是好相處的回頭客我都會打折，順便交個朋友。」

「爸媽都不知道你在當攝影師嗎？」

「不知道。」佳歡聳了聳肩，無奈地說：「妳也知道爸媽一直都只看到他們想看到的東西。」

也是啦……這點好像我最清楚。見到我突然安靜下來，佳歡連忙道歉說：「對不起，我不該提的……」

「沒事啦，我都已經搬出來了。」既然都提到了，那當然是順便問一下：「所以爸媽他們還好嗎？」

「還好，就老樣子。」佳歡說：「爸爸就正常的上下班，媽媽一樣在家裡做家務看電視……

「……都沒提起過我吧？」

「妳說除了上次妳又進加護病房那次嗎？」佳歡搖頭道：「沒有。」

果然沒有。對他們而言我應該不存在了吧？

「但是媽媽很想妳。」他接著說：「姊姊妳真的可以回來——」

「不需要，我沒有見他們的任何理由。」我斬釘截鐵道：「他們想要的是『正常的女兒』，這個我沒有辦法給他們。」

這個話題就斷在這裡了。佳歡很清楚我們的父母帶給了我童年多少的傷痛，因為他就是這樣一路看我長大，好幾次的兒童心理諮商他就坐在外面候診區的椅子上等著姊姊的諮商環節結束。也有好幾次佳歡在旁邊靜靜地看著我被收驚……

我的童年造成了我現在這般扭曲的個性，導致我對人類極度不信任與不安。但佳歡的童年是看著違抗父母意思的姊姊長大。試想像，如果你小時候看著你姊姊只要說「有鬼」就會被帶去醫院、心理諮商和宮廟的情況下，你長大會變得怎麼樣？

你只會變得什麼也不敢跟父母說，因為怕會落得跟姊姊一樣的下場。

曾經有人說過：「一個創傷的童年需要用一輩子來撫平。」我覺得這句話再正確不過了，我甚至覺得一輩子都不夠。

倒是……「佳歡，你學校的事情和兼差的事情還是可以跟我說的，你知道吧？」

「我知道姊姊的意思啦……」佳歡有點無辜地說：「我原本想說畢業的時候帶姊姊一起出國玩的時候順便說，只是剛好被妳在婚禮抓到嘛……」

「是、是……」說實話我是不大相信啦，不然他也不會瞞我這麼久。又不是什麼偷拐搶騙犯法的事，做攝影兼差我覺得很棒啊！完全不理解佳歡不告訴我的理由。

「那麼……既然姊姊都知道我在兼差了，這頓可以給我付了吧？」

以前都不知道佳歡有在兼差，一起吃飯自然都是我在包辦伙食費。既然佳歡都老實招了，那這餐當然是給他請客，當作小小的懲罰。

誰叫他不跟我說。我們的晚餐繼續，話題也開始回到他的學校日常和我的工作日常上。約莫到了餐廳打烊的時刻，對面突然手機一個大響——

但佳歡放在桌子上的手機並沒有動靜。

我正疑惑的時候，佳歡從口袋裡掏出另一隻手機，泰然自若地接起電話，

「出現了嗎？好，我知道了，我現在過去。」他幾乎是掛斷電話的同時就收拾東西背上相機包，「姊姊對不起，我的工作在召喚我，可能要先走了。」

「跟昨天一樣的嗎？」因為對話內容有點奇怪，而且佳歡的神色看起來比較匆忙，我忍不住多問了幾句：「你該不會又要一整天沒吃飯了吧？可以先買個麵包之類的放在背包裡——」

「是啊……最近在拍鳥。鳥的行蹤比較不固定，只能一直守著——」

「你不是專職人像攝影嗎？」

「有給錢我都接。」或許我聽到這句話的表情有些反感，佳歡連忙澄清：「放心啦姊姊，我不會做犯法的事情的。拍鳥累了一點，但是這次的甲方開的價碼真的很好，我也就當另類嘗試了。」

「我擔心的是你的身體。」我說，視線不忘偷瞄他的另一隻手機。那隻手機的保護套總覺得有點熟悉和……古怪。

那深藍色的保護套怎麼看著特別讓人反感呢？

「我會的。姊姊也要小心好嗎？要照顧自己的安全，不要再進加護病房了喔！」

「靠，不會的啦！」

「進去了也要記得跟我說喔！」

「幹，你不是要去上班，快走啦！不要留在這裡講一些沒營養的話！」被我回嘴一個，佳歡這才迅速往大門衝去。他還不忘要請我這件事，在櫃檯處結完帳之後才離開。

至少佳歡看起來過得很好，大學畢業沒有遵循本科的召喚去當會計師也可以去當攝影師。我不禁欣慰地想著。

由於一個人吃吃到飽有點太無聊了，我拿出手機欣賞佳歡的作品。剛剛沒仔細看還好，

現在仔細看差點沒把嘴巴裡的食物都噴出來。

靈異體質一定是遺傳的吧？一定是我爸和我媽基因裡面有什麼東西混在一起才會生出我和我弟的吧？

誰來解釋為什麼我弟拍攝的相片裡幾乎都有奇怪的鬼影啦！

不就幸好我弟看不到！不然每次工作都要見鬼應該也蠻痛苦的。

也太恐怖了。

佳歡拍的照片有大概五成會出現奇怪的鬼影，而且看照片下面的留言都在稱讚模特兒的情況，這些鬼影大概只有有陰陽眼的人看得見。

因為事情牽扯到我弟，我很快就請昱軒和蒼藍幫我留意我弟身邊是否有奇怪的怨魂跟著，如果看到就順便幫我解決掉。但是每張照片裡的鬼影都不一樣，這到底又如何解釋？難道每個佳歡合作過的模特兒都有鬼纏著嗎？

超級奇怪，其中一定有鬼。佳歡閉口不提他的兼職這點也很詭異。

「該說什麼呢……不愧是佳芬的弟弟嗎？這下更厲害了，看不見卻都能精準補捉到。妳弟的第六感是不是很強啊？」秦廣突然開口道，直接被我賞了一個大白眼。

「別說笑了，我是真的很擔心我弟弟啊！」佳歡什麼也看不見啊！行路中需要看到車子才能閃開，走夜路也是需要看得見鬼才能避開啊！

「我都說過了，遊魂跟怨魂的思維與人類不一樣。妳看不見才是最安全的，看不見的情況下還能招惹鬼魂才要檢討吧？那根本是故意的。就好像上禮拜結婚的妳學妹。她婆婆是認真想殺媳婦吧？」秦廣雙手枕在後腦杓，懶洋洋地靠在沙發上，「所以說，換成在沙發諮商有什麼意義啊？會讓我比較放鬆嗎？」

「是這樣沒錯——」

「但我是鬼，不管是沙發還是餐桌椅對我們沒有差別，我們感受不到軟硬。這樣真的能放鬆嗎？」

秦廣說的是事實沒有錯，我一直也都知道，只是書上是這樣建議的……

他從沙發爬起來的時候，我還是有些緊張，但又不能太明顯怕會被秦廣察覺。當視線裡沒看到預期中的東西時，我還是鬆了一口氣。

……原來我有這麼害怕嗎？

「佳芬，那我們要開始了嗎？」

「當然。」我換上專業的笑容，不帶任何笑意，就只是嘴角弧度上揚：「請問你今天為什麼來諮商呢？」

「還不是因為妳上次叫我要回診。」秦廣馬上回嘴道。他煩躁地抓亂頭髮，「佳芬啊，

所以妳到底有沒有辦法讓宋帝那傢伙收斂一點啊？跟他共事我們的壓力都很大耶！他根本正義魔人，完全沒有辦法接受身邊有一絲絲的不道德。」

出現了，死對頭般的諮商。

「最近在搞中立停火區他又更煩了。一下子在那裡跟我規範衣服裸露程度，一下子跟我商量表演內容，現在連青樓裡每個人只能消費多少酒水都要管。」

「宋帝應該只是擔心青樓會對冥府的名聲造成影響吧？雖然你同意青樓裡沒有性交易，更有閻羅在背後管控，但是難保不會有脫序的冥官，更難保不會有精蟲衝腦的內境人士。」

「我知道我知道，」秦廣不耐煩地揮手打斷我的話：「我只是很不爽宋帝這個傢伙而已。」

「倒是你，為什麼明知道會被我和宋帝嫌棄，還是要堅持要設立青樓呢？」

聽到這問句的瞬間，秦廣的表情瞬間沉下，眼神有些漂移。

幾乎是同時，頭頂的燈光不安地閃爍，一明一暗之間秦廣的臉龐似乎在我熟悉的殿主裝扮與瘦骨嶙峋的古人之間轉換，整間屋子也發出令人不安的「喀喀」聲。

「秦廣、秦廣……」

我連忙趁著事情演變成來不及收拾之前，緊緊握住秦廣的手。

「秦廣哥哥！」

燈泡恢復了穩定的亮度，家具也不再震動。秦廣眨了眨眼，渙散的眼神逐漸恢復其光芒。

「我該不會……」

「是的。」我提醒道：「你如果在我家陷入生前記憶的漩渦，還順便把我也捲進去的話——」

「我就會被很多人殺死，真正意義上的那種。」秦廣似乎能夠預想到自己的慘況，身體不住抖了一下，「對不起，我沒控制好——」

「我們要換個話題嗎？青樓好像不是適合在我家——我面前討論的話題。」

秦廣揉了揉太陽穴，說：「是不大適合。我的控制力沒很好，已經很久沒有練習了……」

「控制力？」既然都說要換話題了，有現成的題材擺在眼前當然是拿來先擋著，稍晚想出要怎麼繼續諮商再說。

「妳也知道冥官如果談起生前，就會進入妳所謂的『記憶漩渦』——」

「你們沒有一個專有名詞嗎？」

「還真的沒有，我們對於這樣失控的狀態通常都避而不談……」秦廣不安地說。冥官的生前是禁忌話題，這我打小就知道了。

「不過妳也知道，我們在憶起生前的時候，力量會強行增幅，所以有些冥官會學習控制並利用它——」

「可以這樣的嗎？」話才剛出口，我馬上想起用一首詩詞將我從黑道手中救下的唐詠詩。那不也是一種方式嗎？

「當然可以，現成的武器為什麼不學習做使用呢？只是絕大部分冥官對這個舉動還是挺反感的。雖然沒有正式統計過，但每個冥官的生前都有一個故事。」

應該說：都有一個「悲傷」的故事。我正式諮商到現在快六年了，就不曾聽過有一個冥官獲得善終。

秦廣的生前與青樓緊緊相連……

不行，我不能多加猜測，這不是我身為心理諮商師該做的。

「那麼我們回到宋帝的部分。」

「嗯，宋帝那個混帳傢伙竟敢干涉我青樓的營運，我——」頂頭的日光燈又開始閃爍，這回秦廣閉上眼睛，似乎是在控制自己的情緒和回憶，當他睜開眼睛時先是嘆了一口氣，「我們今天還是就別諮商了，不然我也害怕再諮商下去會傷害到妳。我在人界失控的風險有點大，而且今天又沒有昱軒。」

個案提出停止諮商的請求，我當然是同意，尤其是關乎我的人身安全時。

「說什麼沒有昱軒……就是你們一直把他借去辦事情。」我語帶埋怨道：「為什麼你們都喜歡找昱軒啊？論行刑人，冥府應該還有很多位吧？老是把他從我身邊抽開這樣好嗎？」

「妳以為我們願意嗎？在妳的守護和冥府的戰況之間，我們還是得做出一些選擇——」

秦廣突然臉色大變，好似剛剛說了什麼不該說的話，連忙站起身告辭，絲毫不多逗留半刻。

剛剛秦廣有說什麼嗎？我仔細回想他的最後一句話，卻始終找不到古怪的地方。

冥府的戰況……不是一直都是凱旋而歸的狀況嗎？昱軒區區一個普通的行刑人也無法一手翻覆戰況吧？

比起這個，我倒是比較擔心中立停火區那邊……方才秦廣都差點失控了，更何況是其他的冥官。整個中立停火區有許多古代技藝的體驗館，這些與生前相似的東西很容易就會刺激冥官回想起生前吧？如果冥官在中立停火區失控了，是會波及到周邊的人和冥官的吧？

殿主們應該很清楚這一點啊？那為什麼他們還准許這類古代技藝體驗的設立呢？甚至整個中立停火區的規劃都像古裝戲會看到的市集……

我們在憶起生前的時候，力量會強行增幅，所以有些冥官會學習控制它——

除非……

我的思緒被手機的震動聲打斷，來電顯示是不認識的電話號碼。

……這年頭誰在打電話啊？還不都用通訊軟體，絕對是騷擾或者推銷電話。我馬上按下拒接，但已經想不起我幾秒前在想些什麼，總覺得是很重要的東西……

隔沒多久，電話再次響起，而且撥電話的人並沒有掛斷的打算。

好吧，都打到第二次了，接一下應該也無妨吧？我接起來，對面傳來低沉的男聲。

「妳好，請問是簡佳芬小姐嗎？我這裡是警察局……」

嘖嘖，麻煩的事情出現了。

「小姐妳好，這次要針對妳二〇二三年六月十六日不明原因被丟包在醫院門口一事做筆錄。」前面年輕的警官翻開資料夾的第一頁，開始詢問：「請問妳可以跟我敘述事情發生的經過嗎？」

「我不記得了。」我裝傻道：「我醒來的時候就發現自己在加護病房了。」

裝傻歸裝傻，但我還是不能偏離事實太多。因為眼前的警官與彥霓的手機解鎖畫面的男子正好長得一模一樣。

我瞄了一眼識別證：**刑警 陳允睿**。

沒想到竟然是以這種形式與彥霓的現任男朋友初次見面，地點甚至是警察局。

「那麼妳最後記得的事情呢？」

「那個……就蓋棺女孩的演唱會。」

陳警官再接再厲地問：「妳覺得自己有什麼會被讓人盯上的原因嗎？這已經是妳一個月內的第二次被襲擊了。」

「沒有……對啊，應該沒有。」我後面還加了點不確定：「偶爾會被病人或病人家屬嗆聲啦……但我覺得這些人應該不至於買兇殺人之類的吧？」

我表面上很從容有禮的回應，實際上心裡面有滿滿的髒話。

媽的你這熱戀期精蟲衝腦的警察，可以不要應著你女朋友的要求，濫用公權來錄我口供嗎！為了不想扯上人界的警方，警察要我去錄口供的時間也都被我以上班為理由推掉了。現在更厲害了，打電話來開門見山說要錄口供，還直接挑明說他們有我的班表（一定是彥霓提供的），一定要我出現在警察局。

我的直屬學妹可以不要那麼熱心協助辦案嗎！

這位陳警官，我家學妹都這麼熱心了，你就給我好好善待她，別再像她的前男友們只把她當炫耀品和會呼吸的性玩具……不然我一定會讓你痛不欲生。

「妳的學妹有跟我說過，護理師真的好危險——」

「跟你們警察相比，我們應該算還好了。」

「我們的工作本身就高風險，所以隨時注意人身安全是必然的。倒是你們，潛在的危險反而更難防。」

「其實學姊們都說做久了就會知道哪些要閃遠一點，但我覺得我的經驗跟學姊們還差得遠了。」

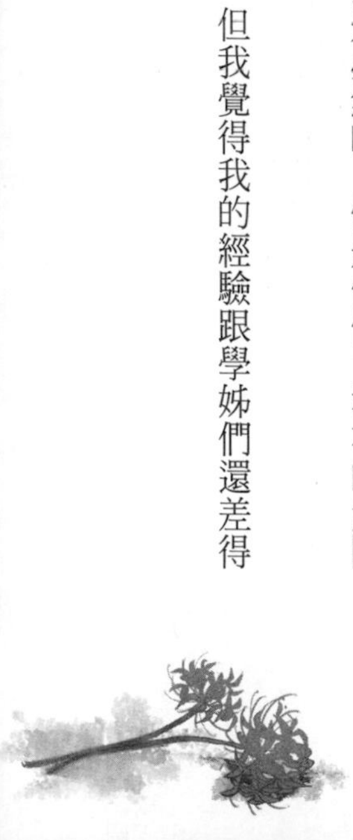

我客套地回應道。眼前的是彥霓的男友，就代表我需要採用平時上班，面對人類和同事的形象，才不會有太大的落差。所以我還是要假裝自己只是一名很平凡的年輕女性——

「那我們回到案子上面，」陳允睿可沒有忘記他現在的身分和職責，雖然我覺得套交情也是偵訊的心理戰術之一，「請問妳最近有發現被人跟蹤的情況嗎？」

你說除了彥霓嗎？還真的沒有。我立刻搖頭，陳允睿也繼續問道：「據妳所知，妳的家人或朋友有涉及任何幫派行為嗎？」

「據我所知沒有。」這種時候話都不能說得太篤定，不然又會變成證詞中的一個疑點。

「那妳自己有涉及任何幫派嗎？」

「沒有。」自己的事情就要肯定的說，不然也會是一個疑點。

一個一個預測偵訊的問題、猜測問題背後的涵義，然後慎選回答的用詞遣字與語氣，將其逐一擊破——還不能找律師出來，因為找律師出來只會顯得自己更可疑。而且律師會需要知道事件的全貌才能有效地代替我回答問題，無法說出真相的我請律師絕對是浪費錢的行為。

到這裡為止都還算在正常偵訊錄口供會問到的問題，一般民眾遭受不明攻擊我相信都會被問到上述問題……

「那麼妳怎麼都沒有來報警呢？」

如果前面是前菜，那麼我會說現在開始主菜才正式端上。

「我……醫院那邊不是已經幫我報警了嗎？」這也是有預期被問到的問題之一，我便順暢地回應道。

「根據妳的同事說，妳在出院之後五天便回去上班了。妳的護理長與妳的同事都有勸妳休息久一點再回到崗位，但是妳堅持要工作。」

沒辦法，那段時間一直待在家裡只會跟築今兩個人乾瞪眼，還要面對不時從四面八方湧出的綠色光點。我出院第三天就感受到自己近乎崩潰，跟阿長央求了兩天她才讓我回去上班。為了逃離綠色光點的糾纏，我當時可是什麼爛理由和藉口都用上了，要我現在這種比較冷靜、沉澱的狀態再說出個藉口簡直信手拈來。

「急診護理師的人力稀少，我很擔心自己缺勤太久會造成同事們和阿長的困擾。」這應該是最容易被採信也最普遍的原因。社畜本能發威的時候，就算是吊著點滴也會乖乖上班的。

「只有這樣嗎？」陳允睿說：「據你們的護理長和住院期間照護妳的護理師的說法，妳住院期間話不多，神情偏淡漠，且常常半夜哭泣，原因不明也不願提起。跟平常差距甚大。」

幹慫老師，大家嘴巴那麼大又那麼配合幹嘛啦！尊重一下病人隱私權不行嗎！

「妳是不是記得什麼？」

面對陳允睿的質疑，我只能儘量維持表面上的鎮定和傻大姐樣。

「嗯……」我眉頭深鎖，假裝自己正在努力思考自己記得些什麼，但其實我努力思考的是當下應對問題的最好回答。隔了三秒我才抬起起頭，傻笑著：「抱歉，我真的想不起來了。」

陳允睿對我的演技不買帳，又問了一次：「那麼在醫院的異常舉止妳怎麼解釋？」

「嗯……撞到頭？麻醉藥作祟？一種心理上的保護機制？」我搔了搔臉，繼續裝傻：「我真的都不記得了。我連那幾天狀態那麼糟糕都不知道。原來我剛醒來的那幾天看起來這麼奇怪嗎？」

「……妳應該知道做偽證是犯法的吧？」

「可是我就真的想不起來啊！你以為失憶是我自願的嗎？」我有點不滿地回嘴，而在類似的對話中，對方其實會嘗試迴避另一方不滿的情緒。除非對方是個白目，又或者說故意想找麻煩。

很可惜的，陳允睿是後者。這也是我在這場對話攻防戰犯下的第一個錯誤。

「妳在八年前的偵訊也說過類似的話。」他把卷宗往前翻了好幾頁，「八年前，妳因為不明原因倒臥在離妳家不遠的廢棄小學前，報警找救護車的是妳弟弟。妳醒來之後也說自己什麼都不記得了。」

「……」

「而且妳的童年也是很……特別。」眼前的警官一邊敘述一邊翻著卷宗：「五歲開始即被標記為問題學生，七歲、十歲、十一歲因『家庭與身體因素』轉學，甚至曾經暫時休學三個月。國中開始狀況稍微穩定，而高中三年級的那年寒假，也就是八年前的那個意外住院了一個月，差點就要延畢。」他把卷宗推到我面前，指著一張泛黃的紙頁，「就醫紀錄也很精采。七歲就開始接受人生第一次的心理諮商，九歲開始因幻聽、幻視、妄想看兒少身心科，三年期間換過一個又一個精神科醫師，最後在十三歲時被診斷為思覺失調症。」

警官的筆在紙頁上敲擊，正好敲在那位熬不過我父母的百般要求，送了我思覺失調症這個終身診斷的庸醫名字上。

我也不明白父母為什麼一直想要在我身上套個診斷，或許他們覺得有張重大傷病卡後醫藥費可以省很多吧？

「也大概是這個時候，妳就再也沒接受過任何的身心科與心理諮商了。」

當然，在我知道父母送了我思覺失調症的診斷作為我十三歲的生日禮物之後，我就拒絕被父母載去任何的診所和諮商所與宮廟。只要父母稍微有那個念頭，我就會跑去城隍廟躲起來。

「但妳沒有去看身心科，不代表在校的霸凌沒有減少。根據妳的國中老師所述，妳在班上很安靜，也沒有任何朋友，是當時她重點關心的對象。可能是因為小學同學一起直升國

中，奇怪的傳言也一路帶到了國中，所以仍然逃不過那些標籤和過去。在妳去了比較遠的高中就讀後，言語霸凌的情況才獲得改善。但是高三寒假的意外之後，突然又爆出妳會胡言亂語的謠言。」

還真的是「謠言」，因為全都是戴明秀那幾個人在亂傳。

「到了大學之後，除了朋友一樣很少，其他就沒特別的事情了。比較值得注意的就是近期的兩個案子。」說完，陳允睿「啪」的一聲大力闔起卷宗，眼角不帶任何笑意地看著我：「妳覺得從這些經歷，我看見了什麼？」

我沒有馬上回答，而是思考了三秒鐘我要用什麼方式去應對他的問題。任憑我腦筋怎麼轉動，我發現我完全沒有可以唬弄過去的空間。

因為我完全不知道他們到底知道了多少，僅能確定警方知道了很多。他們聯絡過我爸媽是事實，但我爸媽究竟說了多少？他們有去找過鄰居們錄過口供嗎？或者說我的高中同學……甚至是戴明秀她們？在敵虛我實的情況下，我難以做出足以自保的回答。

在西洋棋上的術語，這種無路可退的情況叫做 Checkmate ——

但那是西洋棋，棋子只能在棋盤上按照規則移動，而我能使出的路數遠遠超過黑白色格子的限制。

——包括自我毀滅的部分。

「嗯，一個很有問題的人？」我抬起頭，臉上掛著的已經不是傻裡傻氣的笑。我似笑非笑地望著陳允睿：「彥霓的男朋友，我才想問你，你從我這整段生平經歷看見了什麼呢？」

等待他回答的時候，我可沒有忘記嘴角濃烈的笑容和不帶笑意的眼眸。我身體微微往前傾，多補上了後面一句：「原來，警方錄口供長這個樣子的嗎？」

陳允睿顯然被我突然轉變的態度嚇得一愣，瞬間接話竟然是最笨的回答：「什麼樣子？」

「帶著既定立場來審訊我。」我語帶挑釁地說：「但這就是你們做的事情不是嗎？用你們事先蒐集到的資訊，判斷我的身分是犯人抑或是受害者，然後利用既有的資訊進行訊問和套話。」

「學姊，」會喊我「學姊」顯然是受到彥霓的影響，「如果妳不是犯人的話，自然就不用擔心我們會套話，只需要告訴我們確切發生的事情，自然有人會去找尋相關證據證明妳的清白——」

「清白？會用到這個詞就代表你們對我的定位不是受害者，對吧？」我馬上抓住露出馬腳的詞彙繼續挖掘，不把陳允睿跌進的坑洞挖得更深死不罷休，「那請問陳警官，你想調查的究竟是哪一個案子呢？我差點被槍擊的案子，還是我被不明人士攻擊並被丟包在自家醫院門口的案子呢？」

「警方總要調查事出緣由和犯人動機——」

「啊我就不知道啊！這兩個案件我都是被害者啊！」我的聲音突然提高，語速加快，食指用力地指著卷宗：「你們不去調查犯人，反而翻出我的過往，然後再用我的過去攻擊我？你們搞清楚，我是被害者耶！一個月差點死掉兩次的人是我，憑什麼我要坐在這裡聽你們翻舊帳，重點是我完全看不出我曾經被診斷思覺失調症跟這個案子有什麼關聯！而且那都多久以前的事了！」

我的胸口劇烈起伏，看起來一定很激動。這個真的不用模仿，因為講完那一長串話真的超喘，我很需要換個氣緩一下。我看見陳允睿的眼神往上飄了一下，應該是在對監視器另一邊的人求助。

仔細思考一下，或許我不該用這麼激動的情緒去面對偵訊，這樣自己只會看起來更加可疑……但我才無所謂呢，反正這兩個案件的犯人都死了，全案就只剩下我還活著。我想怎樣講就怎樣講，有種就去觀落陰。我還可以跟冥府串通好讓他們觀落陰得到的資訊全是錯誤的。

突然，偵訊室的門被打開，另一名上次也見過的警官把陳允睿擠開，眼神凌厲地瞪著我，

「妳很會逃避話題呢。」

「我有在逃避話題嗎？」我反問道。

「既然沒有，那我們回到最一開始的問題。」在槍擊案現場訊問我的鄭泰源警官也不愧是老鳥，一進來就把話題導回正軌：「妳被誰抓了？」

「我不知道。」

「妳有跟人結仇過嗎？」

「就跟你說過了，我的工作性質突然有人從急診室衝進來砍我，我也不會意外的。」

「所以是有嗎？」

他以簡短的方式提問，這樣會降低我能從字句中尋找的漏洞和麻煩。

「沒有，我就說我不知道為什麼會被襲擊了。」

「妳被丟包和槍擊這兩起案件妳覺得有沒有關聯？」

「我哪裡知道？我甚至不知道這兩起案件的兇手是誰，是不是同一批人我都不知道。」

在原地繞圈圈毫無進展的問答很快就讓鄭泰源感到厭煩，他不悅地咂了咂下唇，最後道：「今天就先到此為止。」

萬歲，總算結束了！我心底鬆了一口氣，當然表面上還是一臉稍微憤怒的面具。

兩位警官將我送到偵訊室之外，正當我以為我解脫的時候，鄭泰源低沉的菸酒嗓在我背後響起：「妳知道為什麼我們對妳的案子有極大的興趣嗎？」

「不知道。」我回頭說道。我不喜歡有人對著我的後腦杓講話，因為這樣我會看不見對方的表情。

「因為三個人，三個人的供詞幾乎都一模一樣，彷彿事先套過一般。」

嘖，老鳥的功力可以不要在這個時候發揮嗎？

「人的記憶並不會太清晰仔細，細節有些許落差並不意外。但你們三個斷片的時間點都一樣是在蓋棺女孩的演唱會結束之後。」

我隱隱覺得這個對話有些不妙，但又說不上來陷阱在哪邊。於是只能先強硬地結束話題：「現在還在偵訊嗎？」

「不是，但妳的言詞一樣會納入證詞裡面。」鄭泰源露出滿意的笑容，這個笑容讓我內心發寒。但他見我踏步離開時也沒再阻攔我，應該沒什麼問題吧……

我回頭的時候，在走廊邊監視整個對話的築今著急地對我說：「去演唱會的只有妳跟向亞繪啊！」

而鄭泰源提出有第三個人的時候，我沒有否認或質疑這個數字，等於我間接承認記憶與供詞不服。

幹，薑還是老的辣。直接被擺了一道。

但沒關係，我有隨時可以修正記憶的蒼藍。

【第二十二章】

負擔／承擔／分擔

「哇靠，你們死人不是沒有味覺嗎？沒有味覺是怎樣煮出這麼好吃的東西？」由於又請動蒼藍出馬解決棘手的狀況，沒任何東西可以報答的我只好請築今準備了一桌的垃圾食物，中西式不拘，來感謝眼前的肥宅高中生道士。

築今有些心虛地偷瞄了昱軒的方向一眼，見昱軒沒有生氣或制止的模樣，才緩緩道出：「我……交了幾個住在樓下的大學生做朋友……」

「然後請他們幫你試吃？」昱軒對築今為了煮飯給我吃鋌而走險接觸人類都沒說話了，不會特別袒護冥官的蒼藍就更不會反對了，反正我相信他只要有吃的就會很開心。

蒼藍一邊拿起淋滿美乃滋和起司醬的薯塊往嘴巴裡送，一邊繼續問：「那你怎麼解釋沒有味覺這件事？」

「我就跟他們說我的味覺在某次感冒中消失了，可是我很喜歡煮飯，最大的夢想是開餐廳。他們聽到之後就很樂意地讓我當廚師了，還會找同學一起來吃。」

築今說這段話的時候，我頭頂的日光燈閃了兩下，然後就恢復正常了。正當我還在想是哪個冥官或殿主沒打照面突然跑來參一腳，蒼藍卻停下向烤雞翅伸去的手，突然對著築今發牢騷道：「就這樣？你的力量也太弱了吧！憶起生前之後的力量增幅竟然只夠讓日光燈閃兩下？這種程度的弱也是千年難得一見的奇才吧！」

原來是這樣嗎？我望向築今，被蒼藍認證極弱的冥官並不惱怒，只是尷尬地笑了笑：

「多謝魏大人誇獎。」

「昱軒，這種天才你又是從哪個洞挖出來的？他比遊魂還弱耶！」

「問佳芬啊，是她撿回來的。」

「撿什麼撿！簗今是我挑中的好嗎？說得好像我去撿流浪狗一樣，給我糾正用詞，尊重一下人好嗎？」邊聊天的時候，我也不忘繼續吃。撇除簗今是死人這點，簗今做飯是真的很好吃，只可惜前些日子食慾真的太差，浪費了不少食物。也幸好最近食慾總算恢復了一些，才能夠真的細細品嘗簗今的手藝。

度過創傷最好的方式果然是時間啊……宋孜澄事件已經過去快一個月了，綠色光點的出現頻率也正在減少中。

會變好的，我告訴自己，一切會變好的。

「那你有想要吃吃看自己做的料理嗎？」蒼藍的嘴巴真的很壞，明知道冥官只有被供奉才吃得到食物還故意問這種沒禮貌的問題。但當他對面的三個人沒人破口大罵他「懂不懂禮貌！」，甚至看到昱軒狠狠往簗今的方向瞪一眼後，他才頓悟到了什麼。

「該不會……」

「……我有請佳芬燒給我。」簗今自己先招了。只見蒼藍開始四下張望，似乎是在尋找什麼，不一會兒馬上就發現被我擺放在陽台的神主牌。

「風水不好，設置方式也不對。」蒼藍瞄了一眼便認真地評論道：「上面寫的是真名對吧？介意的話就用白紙或黑紙包起來，我等一下處理。」說完，他又把自己埋進了食物堆裡。

「等一下，」我馬上跳出來說：「這裡是我家，你更改神主牌的位子都不問過主人的意思嗎？」

「哪個主人？這屋子是妳租的，好像也不用問過妳。至於神主牌的主人嘛……築今，你會介意我動你的神主牌嗎？」

「不、不會……」

「妳看，神主牌的主人都不介意了，佳芬姊妳反對些什麼呢？」

……為什麼我覺得這整段對話十分荒唐呢？想必昱軒也有同樣的想法，因為我都看見他毫不掩飾地憋笑了！

「昱軒，你是站誰那邊啊！」

「噗、噗哧，對不起，如果是神主牌的位子的話我站在蒼藍那邊。」昱軒嘴角依舊不掩笑意。他還不忘補充自己挺蒼藍的理由：「妳最近運氣太差了，確定除了看風水之外，不讓蒼藍幫妳改個運防小人之類的嗎？」

「我覺得我不需要防小人，我需要防的是我學妹。」其他人一臉疑惑地望著我，我只好掏出手機，打開了昨天收到的訊息。

戴悠甯：妳最近發什麼瘋！把妳的女朋友管好來一點！

我收到訊息的時候也是莫名其妙，自從出事之後就再也沒聯絡的人突然發訊息不是推銷也不是紅炸彈，而是這種沒頭沒尾的怒罵？而且我哪來的「女朋友」啊？我自己很確定喜歡的是男性，只是從未談過戀愛好嗎？

「戴悠甯是……？」

「就戴明秀。」認得名字後蒼藍就沉默了，讓我繼續說下去：「我打了電話過去，被戴明秀臭罵了一頓。」我放下手機，苦惱得眉頭深鎖，「顯然有個『神秘女性』去跟蹤了她們三個，不止蓋布袋打了一頓，嘴裡還嚷嚷說『誰叫妳欺負佳芬！』之類的話。」

……而這種行為就被她們解讀成是我的「女朋友」在為伴侶出氣尋仇。

「……」身邊的三個人——一個人兩個冥官無言地看著我，想必內心都知道這位「神秘女性」的真面目。

「你沒辦法對彥霓下暗示之類的嗎？」最在乎我的安全的昱軒先是問道，蒼藍則是雙手一攤，搖搖頭，「她被我洗了三次就有抗性了，我是能說什麼？我之前記憶修正還沒遇過抗性如此之強的人。」

彥霓真的是各方面都很強的人。

「沒別的方法了嗎？」

「妳倒是想想辦法讓妳學妹不要對妳那麼執著啊……」蒼藍看著我。

是啊……但要怎樣讓彥霓遠離我呢？她都跑來跟我在同個單位上班了，如果我跳槽去其他單位或醫院難保她不會又追過來。

別的醫院……我突然想起之前喝農藥自殺的夫妻的女兒不就在附近的另一間醫院上班嗎？她當時給我的名片我還留著呢！要不趁機跳槽那邊好像也不錯，但那間醫院並沒有急診部，叫我突然去當病房護理師又要從頭開始學習……不然請那位女兒挖角彥霓算了——

我望了一眼我的助理兼護衛，「你有想法嗎？」

「我最直接的想法是讓她人間消失。但妳不會喜歡這個做法，所以我沒提。」

的確不喜歡。

思來想去，最乾脆的方法其實是我離開古綜合，到彥霓追不上來的地方吧？但是現下來看不聲不響地離職根本不可能，尤其現在不只是有彥霓在後面追，還有警察的部分需要處理。

「我試著疏遠彥霓吧……」所有信息不讀不回，在工作上也不多做必要以外的接觸，這樣總能夠讓她離我遠一點吧？我翻出班表，開始思考怎麼樣排班可以跟彥霓完全錯開。

「佳芬，我們很抱歉。」蒼藍因為學校還有事情所以先行離開了。他走了之後，昱軒馬上就道歉道：「我們一直把注意力放在內境上，等我們發現警方已經介入的時候已經有點太遲了。」

「沒關係，我自己也知道不可能藏一輩子。」能藏到二十五歲都已經很幸運了，只是我真不知道要怎麼脫離腹背夾擊的狀況。

「其實……平等王有提出一個提議，宋帝王和輪轉王評估都覺得可行，閻羅王是說要先得到妳的同意。」

「什麼提議？」昱軒從袖子中取出一張圖紙。這張圖紙我並不陌生，是停火區的園區規劃，這張圖紙已經從我上回見到的一條街形式，改成了我提議的商圈模式，店鋪也增加不少。圖紙下方已經陸續填上店鋪的名字和負責的冥官。

昱軒的手指移到一間還沒被認領的店鋪，那間店鋪位在冥府的範圍內，並不在商圈的主要幹道上，但是地點仍然很棒。上頭的小字寫著**「諮商小屋預定地」**。

我不明白，這是什麼意思？我的疑惑全寫在臉上，我的助理也不多賣關子直接回答：「殿主們想要直接跟內境正式宣告：妳是我們的心理諮商師。」

我驚訝得下巴半開一時合不起來，也找不到自己的聲音。但昱軒的表情何其認真……這群人……我突地一個拍桌站起，對著昱軒大吼道：「你們這群人瘋了吧！」

「佳芬，這是我們現下想得到最好的方法了。」昱軒對於我激烈的反應無動於衷，平靜地解釋道：「不需要說是十殿殿主的乾妹妹，宣告妳是冥府心理諮商師就好。只要把妳的身分挑明，保護妳的人力就不用再躲躲藏藏了。殿主甚至可以跟內境放話『敢傷害我們的心理諮商

師，我會讓你們內境付出代價』。以冥府現在的兵力，要明著保護妳絕對不是問題——」

「那我身邊的人呢？急診室的同事、我直屬學弟妹、我父母還有我弟弟，這些你們也要一起保護嗎？內境就不會拿人質威脅嗎？哥哥們難道不明白內境之所以到現在都沒有做出拿整個幼稚園要脅冥府乖乖就範的唯一原因，不是因為他們還有道德，而是因為他們認為冥府對人界沒有牽掛所以這招無效嗎！」

我上次只是因為被目擊到明廷深在我身邊打轉，就被內境抓去關地牢耶！還連帶害得彥霓也一起被抓，那次我在他們的眼中甚至只是平民！

內境為了消滅冥官、削弱冥府的勢力可說是不擇手段，誰知道內境會不會做出更極端更恐怖的行為。好幾次下來我真的不認為內境面對冥府的時候能夠保有理智和人性。

就算冥府真的對人質的生命無動於衷，那我呢？會有人因為我陷入危險吧？我的心理素質承受得了有人因為我而死嗎？想想亞繪的姊姊，還有在同個事件死亡的黎家後代，同樣的事情會在我身上上演嗎？

我連唐詠詩和宋孜澄的消散都差點承受不住了，更何況是其他人的性命！我央求哥哥們拯救他們的話，哥哥們又會犧牲掉自己嗎？

「佳芬，妳冷靜一點。」在一旁的筞今出聲道：「昱軒前輩只是轉述，而且閻羅王也說了要得到妳的許可——」

「那我的回覆是『我拒絕』！」我鄭重告訴眼前的兩個冥官：「然後警告他們小心一點，我下次絕對會用拖把恭迎他們！這種鬼提議也能通過是終於癡呆了嗎？」

被我罵了一頓後，昱軒便回去冥府轉達我的回覆。我抱著因十位傻哥哥而痛到快爆開的頭，鴕鳥心態地閉起眼睛。

為什麼……我就不能只當個可愛的乾妹妹，一定得攪和在冥府與內境的恩怨情仇當中？「義妹」在一部動漫裡都是來賣萌跑龍套的角色吧？我怎麼就變成可以決定冥府與內境戰事走向的人了？直到目前為止，兩方的戰爭還都侷限在人類看不見的地方，如果真開始波及到了人類社會……

廚房傳來碗筷清脆的撞擊聲，想來應該是快到晚餐時間，築今正在準備。「築今，」刀鋒撞擊砧板的規律聲停止了，我才繼續道：「你們家殿主無所不用其極地保護我這個普通人類，你怎麼想？」

「那個……」

「不准思考，給我講真心話！倒數五聲！五、四、三、二——」

「好好，我說我說，不要這麼激動……」或許是怕我突然發難去揍他，築今趕忙說：「我覺得殿主們這樣子很好啊！」

「很好？」我抬起頭，不可思議地看著築今，「因為我的關係浪費了很多冥府的資源

耶！這哪裡好了？」

「嗯……怎麼說呢……」築今仰頭看著天花板，尋找能夠詮釋自己想法的字句：「佳芬妳跟我們相處這麼久了，妳覺得我們最重要的東西是什麼？」

「你們生前的名字。」我反射性回答，因為生前的名字是冥官曾經生而為人的證明。

「我一開始也以為是『生前的名字』，畢竟前輩們都是這麼說的。」築今中性的臉蛋掛起溫柔的笑容，「但後來我才發現，最重要的東西根本不是『生前的名字』，而是『生前的回憶』。」

生前的回憶？

「我生前的故事很普通。」築今講起生前的時候，日光燈不乖巧地閃爍著，但也僅此而已。築今連日光燈都不看，埋頭拿起菜刀，廚房再次響起規律的切菜聲，「我在餐館當學徒，快要出師了。十幾年來埋頭苦幹存了一筆錢，想說一出師就買下一間小店開餐館，我都已經物色好店面了。」

這一定不是擁有快樂結局的故事，因為主角死了，他現在站在我前面。

「結果餐館失火了。我衝進火海想救我的開店資金，然後就被燒死了。」

我沉默不語，讓築今自己說下去。

「現在回想起來，我那時候還真蠢啊，就這樣死了呢！可是每當想起這些回憶，我就覺得自己的生前還滿豐富的。有開心的時光，也有難過挫折的時候，然後就會想著……我真的活過啊……」

「我不明白。」我說。我不理解這段故事跟殿主們拚上全力保護我有什麼關係。

築今突然看向我問道：「生前的回憶對我們都如此重要了，那麼死後的回憶呢？」

死後的回憶……

「你的意思是……因為我是你們死後回憶裡的一部分，所以我也很重要嗎？」

「好像有點對又有點不對……更準確來說，應該說佳芬是我們的朋友，妳也參與了我們的人生，所以妳理所當然很重要吧？」

「有重要到可以拿整個冥府與內境拚命的程度嗎？」

「當然有啊！」築今不可置信地回答：「不守護妳，難道要眼睜睜看著妳被內境抓走嗎？」

當年戴明秀她們不就是這般丟下我，讓我一個人面對滿山滿海的怨魂……

「為什麼佳芬一直要質疑自己值不值得呢？佳芬妳對我很重要，對昱軒前輩很重要，對殿主們很重要，甚至對妳學妹也很重要。為什麼當殿主們，當我們盡全力保護妳的時候，妳不是說『謝謝』並接受我們的保護，而是反覆質疑自己的價值呢？」

「我覺得佳芬妳很重要，這跟殿主的命令無關，就僅僅是因為妳是我的朋友所以妳很重

要、所以我想要保護妳，這樣難道不行嗎？為什麼佳芬要一直將關心妳的人推開呢？」

「為什麼佳芬要一直將關心妳的人推開呢？」

那段對話以這句作結。晚餐時分，築今也沒再找我攀談。

我躺在床上，仔細思索著與身邊人們的互動，還有過往我會給予的反應……然後走出房間。

「築今，幫我帶話給哥哥們。就跟他們說：『他們的提案我考慮一下怎麼操作會比較好。』」

這個禮拜我還真的遵循自己疏遠彥霓的計畫，儘量把班表換掉，就算真得同一班也不接觸不說話，她上來攀談也不做過多的回覆。做到這個程度上，都有人跑來問我跟彥霓是不是吵架了。

沒辦法，這是為了彥霓的安全著想，我不得不這麼做。看彥霓每次失落的表情我自己也不好受。

用冷漠讓彥霓對我徹底失望，這是我原本的計畫。

原本。

【第二十二章】　負擔／承擔／分擔

某天下班的回家路上，我被有點陌生又熟悉的聲音叫住了。

「佳芬。」

這把聲音已經在我的記憶逐漸模糊，但回頭看見來人的長相時，我立刻感到一陣反胃。

「等等，不要關門！明秀開門啊！幸珍、盈馨！放我出去！放我出去——」

「盈馨，佳芬還在裡面！」

眼前是當年親手將我唯一的逃生路徑斷絕的犯人——

「陳盈馨。」

我一直以為自己再也不需要說出這個名字，一直以為這個人已經自我人生中消失，但她就宛若揮之不去的噩夢再度出現在我面前。

「佳芬，好久不見。」陳盈馨的肢體動作有些僵硬與拘束，很明顯不是突發奇想來個久違的敘舊。

沒關係，我也不想跟妳有任何接觸，這個我可以幫忙。

「我們之間應該沒有什麼好說的。」丟下這句話後我就快速離開原地，說是逃跑都不為過。

「佳芬，等等！」陳盈馨一個箭步上前便抓住我的手腕，「我……至少讓我為當年的事情道歉，好嗎？」

「喔？都八年了，怎麼突然就想要道歉呢？」我冷笑道：「是因為最近被蓋布袋打了一頓，發現我身後好像有某個凶神撐腰，害怕了才來找我道歉的嗎？」

「不是的，佳芬，妳就聽我說——」

「我不需要聽任何解釋！」

「當時決定反鎖教室大門都是明秀和幸珍的主意！我從來沒有想傷害妳的意思！」

她說謊。因為那一天的記憶我不可能忘記，我永遠都記得是陳盈馨反鎖了那道門。戴明秀當時甚至有心想要阻止她的行為……

只是後來，戴明秀造成的傷害遠遠超越了陳盈馨。

「後來呢？妳們不是到處造謠我是瘋子嗎？」

「佳芬……我真的很對不起妳……我有嘗試阻止明秀。但妳也知道，明秀的家教很嚴格，她也很努力想要申請到好的大學，不能讓妳的事情在最後關頭毀了她的升學……」

「喔？所以我就不用升學了嗎？妳們就放出那種謠言中傷我嗎？」

「聽說三班的佳芬『看得見』——」

「告訴妳，那是騙人的。我聽明秀說那是佳芬想要吸引別人注意力而已——」

「嘖嘖，這樣也想騙？」

「我有認識她的國中同學，據說佳芬從國中開始就很奇怪了。常常請假去看醫生，應該是治療神經病之類的吧？」

「對！我爸爸是醫生，他也有說有些神經病就是會以為自己看得見——」

「欸欸，佳芬來找我問功課，我要怎麼辦啊？跟神經病在一起我會不會不小心被殺掉啊？」

「嘖嘖，為什麼非得分組報告不可呢？班導還逼著我們收留佳芬，要照顧精神病人很煩耶——」

「報告直接躺著多十分耶！我們就忍耐一下啦……」

戴明秀、陳盈馨和余幸珍平時的乖孩子的形象維持得很好，想栽贓的時候靠著平時的形象讓可信度上升不少。再加上之前國中同學加油添醋的渲染，更是讓整個謠言的真實度增加許多分數。

「佳芬，妳是個好孩子，但妳為什麼要說謊？」

當時班導把我叫到辦公室促膝長談，長年任教的她很認真地與我探討說謊的壞處，要我承諾以後不會再撒謊。

所有人都被戴明秀她們騙了。

我再怎麼為自己辯解都沒有用，因為身邊的同學乃至師長只相信外表光鮮亮麗的戴明秀，不會用心去聆聽陰沉的簡佳芬。

因為事情愈發嚴重而被叫去學校與班導面談的我爸媽也只會幫倒忙。

「真的很抱歉，佳芬有思覺失調症又大病初癒，她亂說了些什麼奇怪的話還請你們多多包涵。」

我的爸媽真的很棒。

我人生第一批也是唯一一批的朋友也很棒。

「佳芬，我知道妳不會原諒我們，但是我還是想跟妳說對不起……那件事之後我真的很後悔，後悔當初沒有幫助妳……」

「那妳就帶著這份後悔度過人生剩下的日子吧！」我惡狠狠地拋下這句話便快步離開。

這次陳盈馨沒有追上來，我倒是在下一個轉角差點撞到人。躲在轉角偷聽的人強裝從容地對我打招呼：「學姊，妳怎麼突然衝出來，我差點就撞到妳了……」

「是妳的主意嗎？」我的直屬學妹支支吾吾的表情看著就討厭，我也沒想多說些什麼，瞟了一眼便丟下一句：「不要多管閒事。」

這理應是當下最令人受傷的話，怎料彥霓卻衝上前雙手張開擋在我身前，絲毫不給我離開的機會。

不對，是不給我逃跑的機會。

「學姊最近到底是怎麼了！」彥霓大聲喊道，完全不畏懼這裡是開放空間或者巷口隨時會有其他人經過看見的可能：「話突然變少了，跟病人的互動也變冷漠了，用餐時間也都見妳一個人躲在更衣室吃，我傳給妳的訊息也都不會回覆……我們是做錯了什麼讓妳連表面上的相處融洽都不願意維持？」

「做錯了什麼？」妳的錯誤就站在我身後妳還敢問我做錯了什麼？「妳跟妳男友不是到處挖掘我大學以前的事蹟嗎？還直接用上警察的身分把我找去錄口供！全部、全部我想忘記、不願意再想起的回憶全部都浮上了檯面！偵探遊戲很好玩嗎？知道妳學姊不為人知的一面很有趣嗎？」我指著還站在我身後的陳盈馨怒吼道：「妳甚至把這種偽善的賤人找來我面前！妳覺得這種傢伙真的會誠心道歉嗎？要道歉老早就道歉了，一定要被妳用拳頭伺候才跑來找我嗎？」

她們為我扣上一頂名為「騙子」的帽子只是為了保護自己的外在形象而已。

明明一開始與我建立友誼時，口口聲聲說著「我們要做永遠的朋友」的，也是她們。

我一直以為所有的歧視與霸凌在邁入高中，交到那三位朋友就已經終結。

從最一開始的分組作業……

「佳芬，妳還沒有組別吧？要不要加入我們，我們剛好缺一個人。」

最一開始發出邀請的是余幸珍，當時我以為我們就只是普通作業上的合作關係。因為這種情況在高中以前我就遇過了數百次了。

余幸珍外向又活潑，十足一個交際花。戴明秀成績很好，又喜歡玩攝影和錄製影片。陳盈馨家裡很有錢，但沒什麼架子，跟所有人都處得很好。

這種類型的人怎麼可能當我的朋友呢？

所以之後她們邀我一起去逛街、一起唱卡拉ＯＫ、一起出遊、一起在陳盈馨家中過夜開睡衣派對……我每次都感到很意外，也很高興。長期被排擠的狀況下，意外獲得的歸屬感更是讓我倍感珍惜。一名女高中生的快樂就是那麼簡單。

長期相處下來，沒任何貢獻和亮點的我唯一能做的事情就只有她們快要碰到鬼魂時，將她們帶離原地。好幾次下來，她們自然有了懷疑，也從我口中得到了證實。

我高中那幾年有多麼的開心，被造謠之後對她們就有多麼的失望與憤怒。

猶記得當時，我出院之後回到學校的第一天，見著她們時，第一句話就是質問她們為什麼反鎖那道門。

「我們那時候害怕了……」

「那現在呢！為什麼我出事之後不曾來看我！」

「佳芬，我不覺得妳需要我們——」

「我很需要！不管是『那一天』還是我住院的那一個月，就算是現在，我都很需要妳們！妳們為什麼要離開我——」

「——妳們怕的不是鬼，是我對吧！」

「妳們怕我說出事情的真相吧！」

沒隔幾天，我就留意到周遭同學看我的眼神改變了。好不容易擺脫的地獄再度活生生上演。

「學姊，妳還是可以試著原諒，她都道歉了——」

「我有說什麼也不能原諒的事情不行嗎？跟妳男朋友一起玩偵探遊戲很好玩嗎？為什麼妳一定要逼我想起過去的事情！」我對著彥霓咆哮道。彥霓似乎沒有預期我的反應會如此激烈，支支吾吾地說：「我、我只是覺得一個道歉是學姊應得的……我以為這樣子學姊會比較開心……」

「完全沒有！妳覺得我現在這樣子看起來是開心的模樣嗎！」就算沒有照鏡子我也想像得出我現在的樣子，應該是哭得雙眼又紅又腫，看起來狼狽不堪吧？

彥霓毫不遲疑地踏前一步，試圖接近我並道歉：「學姊，我很對不起，我不知道這樣會對妳有這麼大的……刺激。」

「如果真的覺得抱歉就從我眼前離開！妳們兩個都是！」面對我幾近崩潰的大吼，陳盈

馨率先離開了現場，彥霓尚有點舉足不定，最後也從我視線中消失。

我定在原地稍微收拾自己的情緒，至少走出巷子的時候能夠得體一點，不會引人側目……

「叮咚！」訊息通知聲率先響起，我掏出手機，想順便用手機上一些無趣的內容讓自己忘卻剛才與彥霓和陳盈馨的言語衝突——

彥霓：學姊，我真的很抱歉，打探妳的過去我也很抱歉……但我也知道很多紀錄都不是事實。如果妳找不到別人聆聽一些「不可說」的事情，我很願意當妳的垃圾桶，就像學姊以前妳待我一樣。

彥霓：我真的很對不起……希望妳不要因此討厭我。

「不可說」的事情……

不、不要去想，不要去承認或否認。這是為了我的安全著想，也是為了彥霓的安全。

不與她有多餘的接觸對我們兩人都好。

明明這是最好的決定，但心裡卻覺得悶悶的……

原本，我只是想要與彥霓拉開距離，好讓她不要繼續調查我的事情，結果現在……我們兩人就算面對面也不知道怎麼開口和說話。

彥霓對我感到愧疚，我則是還有點惱怒。

應該不會到不可原諒的程度，只是現在看到彥霓的臉就會想起陳盈馨的嘴臉，這實在讓我感到十分不舒服。

尷尬的八小時大夜班總算結束後，我便直奔家裡。就算熱心的小魚要召集大家來個說走就走的早餐行，我也趕緊推辭掉——尤其看到同行的有彥霓的時候。

我真的暫時不想要看見我家直屬學妹，而且我下午還有一場諮商，還是先養足自己的精神比較好。

「佳芬，起床了喔！現在是三點，都市王的諮商是三點半喔！」

「唔，我起來了……」我含糊地說。望了一眼鬧鐘，這次竟然一口氣睡超過四個小時！能夠睡著真是可喜可賀啊！綠色光點的出現頻率也比之前降低許多了……雖然偶爾還會做惡夢，夢見消散的他們，但至少我的身體能夠獲得休息……

時間果然是治療心理創傷最好的藥劑。當時陳盈馨她們背後捅刀的行為不也是靠著時間與拉開距離逐漸讓自己冷靜的嗎？

一切正在好轉中，至少我是這樣說服自己的。

「所以……妳今天想要我坐在沙發上呢？還是餐桌呢？」

我思索了一陣，最後對今天的個案說道：「沙發好了。」

我們兩人坐下之後，黔川哥還沒等我開始說話就自己招了，「妳要我問泱璃的問題，我問了——」

「然後？」這種停頓通常都沒好事。

「——然後我就不小心當眾跌下樓梯，直接被泱璃罵個狗血淋頭。」

真的沒救了……在個案面前搖頭扶額終究太過失禮，我也只能在心底深深的嘆氣。

「泱璃是當眾罵還是把你拖去一旁再開罵啊？」

「當然是當眾啊！妳覺得泱璃從以前到現在有留面子給我嗎？」

……我之前就有建議過黔川哥換掉須判官，因為我真的覺得這樣的上下屬合作關係太不健康。問題就在於須判官所有的行政管理都做得很好，只是對黔川哥太苛刻。黔川哥雖然沒拿武器的時候手腳不大協調，但論戰鬥能力卻是這代殿主的前段班，而且在殿主的決策上一向果斷。

再說了，是黔川哥自己不想要換掉須判官的。每次的諮商都建立在不換掉須判官的前提上。

死局啊死局……上回武鬥大會殿主們又沒有下場參賽，我也沒辦法讓黔川哥展現身手讓須判官閉嘴。

「那我上次叫你寫下優點的部分呢？」

「……」

「你又沒做。」

「不是啊佳芬，我又想不出來！我除了武術很好之外就沒什麼優點了吧？」說到這裡黔川哥委屈巴巴地道：「佳芬每次都派這種難為情的作業給我……」

「自己寫自己的優點有什麼難的？」

「不然佳芬妳說說妳的優點啊？」

我的優點……我的優點……

結果我自己也陷入了沉思。

我有什麼優點啊？所謂的優點應該是指「心地善良」、「組織能力強」、「有創意」這類的形容詞吧？

我離心地善良一定有點距離，心理諮商師好像都善於聆聽，但我也是到最近才真正努力地去聆聽，不然之前都是拿根掃帚出來打個案。腦子也不好，所以跟聰明相關的好像都不適用在我身上……

這問題比想像中的還難。

「看吧，妳自己都說不上來。」

「閉嘴啦！」我惱羞成怒地回道。黔川哥被我罵回去還笑呵呵的，看了真是不爽。

「其實我蠻意外佳芬妳沒辦法說出來，妳的優點其實蠻多的啊！妳就一個標準的刀子嘴豆腐心、還很好相處不拘泥小節——」

「這些話說出來連我都感到害羞了。」我咕噥著，隨即想到了一個好主意，「不然，我們兩個交換如何？你寫我的優點，我寫你的優點。我們來看看別人眼中的自己長什麼樣子如何？」

黔川哥露出認同的表情，「是個不錯的想法。那麼……我們下一次交換看看嗎？」

「好啊！那麼我先記在行事曆上……」不過我在手機上輸入待辦事項的時候，我一直感覺到黔川哥的視線在我身上。一抬頭，我發現黔川哥臉上滿滿的欣慰，毫不掩飾。

「怎麼了？」

「只是覺得佳芬今天的諮商比較像以前的樣子。」

我身體一僵，開始提防著準備覆蓋視線的綠色光點，卻發現這陣子一直糾纏我的的綠光遲遲沒有出現。

「妳的諮商風格突變的時候我們都有點擔心……」

原來哥哥們都有發現啊……

應該說，這根本瞞不住吧？

黔川哥突然大手上來撥亂我的頭髮，我不住抗議道，「我已經不是小孩子了！」

「別這樣，妳就算長到八十歲也一樣是我們的乾妹妹。」黔川哥突然打了個響指，「對了，我們殿主之間最近在討論中立停火區的名字。佳芬妳有什麼想法嗎？」

「取名字？這種重要的事情應該是殿主之間決定的吧？我只是心理諮商師耶！」

「可是我沒想法啊……宋帝要我們下個月前每人提交兩個名字做投票。妳幫我想想好嗎？」

「我不要。」拒絕之餘還不忘拆穿他的目的，「你只是不想被宋帝嫌棄名字取得很爛，想抓我當擋箭牌吧？」

「別這樣啊，我是這樣的人嗎？」

我點頭如搗蒜，因為之前也有類似的情形。

「好啦，我自己想就是了。」沒得到名字的殿主摸了摸鼻子，掃興地往門外走去。

「是說佳芬——」

「又怎麼了？」

「妳最近小心一點。我們是有盡力在封鎖妳的消息了，內境一時半刻應該還找不到妳。但還是多留一點心，少跟陌生人接觸，懂嗎？」

懂歸懂，但當那位不全然陌生的陌生人主動接觸我時，我還真的迴避不了。

想來阿長突然指定我去某間離我家有點遙遠的蛋糕店取生日蛋糕時，我就應該要有所懷

疑了。

從蛋糕店走出來時，我經過一個公園時，一顆皮球滾到了我腳邊。我用空出的手撿起皮球後便看見一個小男孩往我的方向跑來——還有他的父親。

我看到那位父親的時候就想逃跑了，但小孩子還眼巴巴地望著我手中的皮球。

這絕對不是巧遇。

小男孩接過皮球後，他的父親提醒道：「要跟阿姨說什麼？」

幹，叫姊姊！

「謝謝阿姨！」小男孩一蹦一跳地回到草地上，繼續跟其他小朋友玩耍。他的父親則是完全不意外我的出現，回頭就說：「佳芬小姐，今天天氣很好，要不要一起野餐呢？」

「我的蛋糕會融化。」

「沒關係，妳的護理長已經忘記有蛋糕這回事了，她只會當妳已經下班回家了。」他接過我手上的蛋糕漫步走向樹下的野餐墊，見我沒跟上後回頭對我親切地說：「我不能夠傷害妳，妳忘記了嗎？就放心來吃蛋糕吧。」

他說的是事實，目前也沒有冥官出來制止我。

「我跟『妳那邊』已經請示過這次會面了，不用擔心。」

好吧，如果他都已經這麼說了……

「你是尹重深還是尹重汶？」至少要讓我確認對方是雙胞胎中的哪一個。

「我是重汶。」他隨即指著草地中的幾人，「兩個兒子、一個女兒、一個老婆。」

為什麼我覺得這種自證方式像是吐槽自家哥哥複雜的伴侶關係多一點呢？

「那麼，你這次找我又有什麼事呢？」

「沒什麼啊，我只是想要感謝妳而已。」尹重汶一邊打開蛋糕盒子一邊說：「我想要表達謝意，只是……可能妳的身分比較敏感吧？我嘗試接觸好幾次，但都沒有成功。」

那是不可以有個人來跟我說今天尹重汶想約我會面嗎！一定要走這種神秘風格嗎！

有鑑於尹重汶真的不可能傷害我，我沒有顧忌地享用起野餐墊上的食物，開始有一搭沒一搭的聊天。以前還會煩惱我會否暴露自己的身分，現在有冥府的交易和血誓在，我只要稍微注意自己的聊天內容就夠了。

「你住這附近嗎？」

「沒有，我最近留職停薪了。」

「這麼突然？是做錯了什麼事嗎？」但尹重汶似乎對留職停薪一事絲毫不難過，反而很輕鬆地敘述起原因，「算是莫須有的罪名吧？因為我們家族之前就曾經建議不能攻擊冥府，又被人通報我在戰場上明明有擊殺冥官的機會，卻故意失誤。因此他們懷疑我對內境的忠

誠。」

「這些是……」

「都是跟你們做交易之前的事情。在與你們交易之後突然被懲處我一時也覺得很憤怒，但當我發現我因此被調離戰場之後，我反而很感激。」

不難察覺尹重汶是很重視家人的一位父親，甚至不惜冒險與冥府做出交易。只見他一臉幸福地望著草地上無憂無慮玩耍打鬧的家人，似乎無比珍惜這段午後時光。

「我真的很謝謝你們，讓我們家可以遠離那沒有意義的戰爭、讓我可以繼續陪伴孩子們成長、讓我老婆不會變成孤單一人。」

「你不恨嗎？冥府再怎麼說奪走了許多你的同袍，你都不會怨恨嗎？」

「怨恨你們才是不理智、不成熟的思想吧？我們是挑起戰爭的一方，你們是做出回應的一方。不管怎麼看，內境的高層才是應該被怨恨的那一方吧？」

邏輯上是這樣沒錯，但是人類畢竟是有情感的生物。情感上應該也有許多人不認同吧？尤其當你身邊的人被殺死時。

「說來，佳芬小姐能夠回答我一個小小的問題嗎？」

「說說看？」

「今年年初的時候……冥府真的是在辦運動會嗎？」

我愣了一下，一時還不知道尹重深指的是什麼。但對應日期和活動性質，我只能聯想到一個活動。

「是啊，那時候我們的確是在舉辦類似運動會的活動……為什麼你會這麼問呢？」

「不，我只是好奇……為什麼冥官會舉辦運動會。那時候上層公開抨擊你們在軍事演習，是對我們的挑釁——」

「等等，為什麼你們會認為是軍事演習呢？」

「……因為平時沉寂的冥府突然陰氣高漲，而且十分集中，時間點又正巧是在內境寄出警告信之後——」

我隱隱有種不好的預感……

「什麼警告信？」

「詳細內容我不清楚，但大致就是希望冥府能管好麾下的冥官，不然近期冥官在人界失控的次數比以往多——」

「失控？」

「就是之前我跟妳問過的去年冬至以及今年年初……就是運動會之前。」

去年冬至指的是明廷深在我家憶起生前導致陰氣暴漲的那次。武鬥大會之前……莫非指的是唐詠詩？

內境對冥府的不了解加上誤會，再加上……

「這是大戰開始的原因嗎？」我的聲音有點顫抖，如果對應到接下來的事件……

「算是導火線。後續內境貿然攻擊冥府，雙方各有死傷收場。雖然雙方達成暫時休戰，卻始終談不成停火協議。」

雙方各有死傷。

那時候冥府上下都跟我說沒有冥官傷亡……

「停火協議最終會破局的原因是因為……？」

「詳細情形我不清楚，但據說冥府做了十分無禮的事情，惹怒了內境高層。」

我親手折的，寫著「幹恁娘」的冥紙金元寶。

一切，所有的一切都是我一手造成的。

我都做了些什麼……冥府都隱瞞了我什麼？

我的諮商、我的無心之舉、我……

不，冥府還會隱瞞我一件事情。

「冥、冥官在大戰中，死傷多少？」

我握緊雙拳，對答案感到恐懼。

「傷者我不確定，但是內境方在大戰的冥官擊殺數是三十——唔！」

突然插入我們兩人之間，昱軒迅速將尹重汶撲倒在地摀住他的嘴巴。

但一切都太遲了，我已經得到我需要的答案。

渾渾噩噩之下，我回到了家。

陪我回來的昱軒一定是事先通知了築今，因為築今今天沒有準備一整桌菜等我回來。

回家路上昱軒都保持沉默，還是說他有說話只是都被我當成環境噪音了呢？

我不知道、我不懂、我已經不想再思考今天獲得的資訊——

「雙方各有死傷收場……」

對啊……是我害得他們消散的……

「……冥官擊殺數是三十——」

有至少三十位冥官因為我魯莽的諮商白白消散……

「簡小姐……謝謝妳……」

說這些話的冥官再度變成了點點綠光……那些點點綠光就在我眼前，揮之不去、驅之不散。

可以全部都消失嗎？可以不要再出現在我眼前嗎？

我錯了，我真的錯了……

是我的諮商害得你們成為了這些光點……

——但可以不要再糾纏著我了嗎！

算我求你們了！

我已經……我已經無法承受了……

拜託——

「簡小姐……謝謝妳……」

不要再謝謝我了！

不要再叫我簡小姐了！

怎樣都好，不要再讓我看到他們了——

突然，一陣透骨的寒冷籠罩我的全身……唯一溫熱的東西是我臉上的淚水……還有我肩膀上的……

「佳芬，妳不要這樣……」

昱軒的聲音就在我耳邊，好近。

「聽我的指示好嗎？」他柔聲地、規律地說：「吸氣……吐氣……吸氣……」

我照著他的指示呼吸，眼前的綠色光點漸漸散去，耳朵也不再充斥著令人難以承受的感謝。

「冷靜下來了嗎？」

我在他的懷裡點頭。他輕輕將我推開，眼裡僅是不捨，眼角還有他來不及抹掉的淚。

他柔聲地責備道：「我們不是說過了嗎？有事情都可以跟我們說，妳忘記了嗎？」他頓了一下，但就算給他五秒鐘收拾情緒，說出的話還是微帶哽咽……

「為什麼、為什麼妳都不願意跟我們說妳的煩惱呢？」

「我……」

「我們不是一直都在妳身邊嗎？」

看著昱軒受傷和自責的模樣，按捺已久的負面情緒全數一湧而上，已然乾透的臉頰再度劃過淚水，

「我……我是要怎麼跟你們說……」

我不敢看昱軒的眼睛……我怎麼有資格看著他說接下來的話？

「我是要怎麼跟你們說我每天都會聽見孜澄和詠詩的聲音？我是要怎麼跟你們說我閉上眼睛就會看到冥官消散後的綠色光點？我是要怎麼跟你們說我每天滿腦子都是我之前的諮商是不是有害死過其他的、我不知道的冥官？我又要怎麼跟你們說我一直害怕大戰是因我而起的——」

但當我印證大戰真的是因我而起時，我完全沒有豁然開朗的感覺，只有滿滿的自責與罪

惡感。

我身上究竟背負了多少冥官的性命？

我抿著嘴脣，只能從脣齒之間擠出蚊蠅般的聲音。

「我是要怎麼跟你們說，現在的每一場諮商都讓我壓力很大……我是要怎麼跟你們說現在只要聽到『簡小姐』三個字我就會感到害怕……」

因為不知道我的諮商會再對冥府的決策造成什麼影響，會不會再有冥官死於我的諮商，所以每個無眠的夜晚我都盡力地把圖書館能借到的心理諮商書籍一本一本地讀完……然後再用人類的諮商方式去諮商冥官……

就是因為我沒有心理諮商專業，才害得孜澄走上消散的不歸路吧？

就是因為我沒有心理諮商專業，才造成大戰開始的吧？

那我盡力補足應該可以吧？應該可以吧？

但是為什麼……我幾乎每個晚上還是會看見那些光點……

為什麼……

「孜澄是因為我才消散的啊昱軒……詠詩也是，還有其他人……」

我緊握雙手，全身顫抖地說：「我的諮商殺人了……殺了很多很多人……」

「佳芬，我能理解……」

「你怎麼能理解了！你又沒殺過人！」我聲嘶力竭地怒吼回去，「你怎麼能夠理解那種愧疚，那種永遠無法彌補的後悔——」

「——我能理解！因為我這千年都活在這裡面！」

與昱軒認識將近六年，這是我頭一次見他如此激動，激動到他的肩膀上下劇烈移動……明明他在千年前就已經不需要呼吸了。等他冷靜下來之後，他換了一個姿勢，惆悵地看著天花板，連帶迴避我的視線。

我們兩個就這樣坐在小小的單人床上，都沒有說話。還是昱軒自己去我的冰箱翻了冥酒和啤酒出來……啤酒塞在我手中，自己則打開冥酒喝了起來。黃湯下肚，他才緩緩開口。

「曾經，我還活著的時候……我的一句話就能決定許多人的生死。」昱軒輕輕搖著寶特瓶裡的冥酒，苦澀地說：「不管是上斷頭台，還是上戰場……幾千幾萬人的性命都只在一念之間……妳知道最可怕的是什麼嗎？」

他閉上雙眼，彷彿關上眼睛就能逃避揮之不去，噩夢般的過往。

「最可怕的是，時不時就會有人提起你的過去。不管有意還是無意，總會有人敘述起那段歷史，時刻提醒我當時的過錯與愚昧，提醒我當時有多麼的昏庸無能。」

昏庸無能。

這四個字彷彿天打雷劈一般狠狠打進我的腦袋。如果前面的自白還無法讓我聯想到什

麼，這四個關鍵字絕對可以。

只有一種身分的人能夠被後人用「昏庸無能」這四個字批判……

昱軒生於五代十國年間的南唐，死於宋朝。

這個名字太有名了無法用任何魔法約束。

不會吧？不是吧？

昱軒他是——

「看妳的樣子，應該猜到我是誰了吧？」昱軒彎起嘴角，但從他的臉上完全沒有感受到笑意，「所以妳說的那些我都經歷過，連帶包括『簡小姐』的部分。」

他靠在牆壁上，幽幽地道：「然後死後，原本是文官的我，因為再也無法面對文字和書畫，所以我拿起了劍……」

「殿主原本派給我的職位是文官，我過後才請調成行刑人的。」昱軒之前曾經跟我提過這段過去。

「怎料我做得還不錯呢！於是除了行刑人之外，偶爾還要負責捉拿、或者殲滅叛逃的冥官——」

「因為你是晉朝之後最強的行刑人。」我忍不住脫口而出。擁有這個稱號的黑衣青年對我知情這點完全不意外，也沒有否認：「是築今說的吧？只有年輕一輩會把我的事蹟當茶餘飯後的話題討論。但我覺得自己還是有作弊的成分在。」

作弊……我馬上留意到昱軒談起生前時，身周完全不見暴走的陰氣。這應該就是之前秦廣所說的，完全掌握了力量增幅……

「不少前輩聽到我能在昱軒前輩身邊學習都很羨慕呢！」那次築今為了勸我多吃點，拿了昱軒的事蹟當交換條件。換來的是讓我半信半疑的說辭。

「前輩們都說昱軒前輩是晉朝以後最強的行刑人。我是覺得前輩們太誇張了啦，昱軒前輩在武鬥大會的十八強就輸了，最強什麼的怎麼樣也說不過去——最多就只是比較強吧？」

築今大概覺得這種沒有證實的事情說出來無傷大雅，但好巧不巧地這就是事實。

「如何？我身上背負的人命和罪孽應該比妳多上許多吧？」

「……你應該知道這不是比慘的吧？」好不容易消化完方才接收的大量資訊後，我才吞吞吐吐地對我的助理說道。

「那妳應該也知道這不是我說出來的原因吧？」昱軒溫柔地說：「我想表達的是：我能夠同理妳的感受。所以妳能夠信任我，把無法對人類說的、無法對其他冥官說的、無法對殿主們說的都告訴我。」

他突然話鋒一轉：「妳還記得我們第一次見面的時候，我有問過妳為什麼要當冥府心理諮商師嗎？」

我……我不記得了。我以前說了太多沒營養的話，不記得很理所當然吧？

「妳說：『因為很孤單，也不大會說話，想要找人多多練習。死人也無所謂，只要會說話的就行——』」

……這的確很像我會說的話。

「『——而且，如果真的有冥官願意來找我這個渺小人類諮商，我會珍惜他們迫切尋求幫助和改變的勇氣。既然你們都願意把內心深處的秘密寄託給一個無牌無照的心理諮商師了，就算我沒辦法化解你們每一個人的煩惱，但我至少能做到聆聽你們的心事吧？』」

昱軒這麼一說，我也的確想起曾經說過類似的話。那時候我還不知道會越來越多冥官尋求我那套會讓所有心理諮商的專業學者吐血的心理諮商，最後甚至因為來人界找我諮商的冥官日益增加，殿主們在我的要求下幫我設立了冥府的諮商小屋。

「所以佳芬，」昱軒握住我的手，確切來說是我手上的美工刀……直到昱軒取走美工刀的當下，我才發現自己手上有這麼恐怖的東西。

「——妳要不要勇敢這一次呢？」

……

「啪」一聲，我打開已經變常溫的啤酒，一灌就是半瓶。

對不起昱軒，我還不夠勇敢，但我願意嘗試。

在酒精的輔助之下，我靠在他的身上，再度潸然淚下。

「……自從孜澄消散之後，我一直會看見綠色的光點……」

「……我一直很害怕我的諮商、我與冥府的關係會給冥府帶來麻煩和困擾……」

「……如果有一天，我帶給你們太多的麻煩……你們是不是也會拋棄我……」

是啊，這才是我最害怕的。

如果我造成無法挽回的錯誤，殿主哥哥們、昱軒、還有其他冥官是不是就會離我而去？我是不是就會變成孤單一人？

「佳芬，起床了喔！」築今輕敲我的房門，「現在已經下午一點了，等等妳下午三點有與雅棠前輩的諮商喔！」

「唔……嗯……」我含糊地回應著，也不管築今到底有沒有聽見，反正他沒膽量直接衝進我的房間把我從被子裡面挖出來。

今天沒上班，想來我遲到個半小時尹重深應該也不敢吭聲吧？我昨天好晚才睡覺，再讓我多躺一下……

「前輩，你——」

「築今，佳芬賴床的時候門是要這樣敲的。」昱軒的語句剛落，我的房門傳來連續不間

斷堪比樓上在裝修的噪音，如同電鑽一般貫穿我的腦門。

「幹！我今天早上四點才睡耶！你們這群不用睡覺的死人可以不要一大早精神那麼好來拆我的房門嗎！」一個惱怒之下，我打開門直接把枕頭往兩位冥官的臉上丟。想當然耳，兩位冥官完全無意閃躲，任由枕頭直直地穿過兩位的頭和肩膀。

「我也讓妳睡七個小時了，很夠了。」昱軒在我準備倒回被窩裡時像拎小貓一樣拎住我的衣服，「別再睡回去了，等等還有諮商，別讓個案等太久。」

諮商……

我真的還能做心理諮商嗎？

「昱軒，取消等等的諮商好了，我不覺得我能——」

「我不允許。」一把低沉的聲音從門外傳來。聲音的主人走進來時，我才發現是許久沒有來人界找我諮商的第五殿殿主——閻羅王。見著他凶巴巴的黑臉時，我縮了一下，彷彿自己有做錯事害怕被懲罰一般。

不，我真的有做錯事。我不是害死了許多冥官嗎……

「你們兩個出去，我跟佳芬單獨聊一聊。」

在閻羅的指示下，昱軒和築今立刻離開門邊，大概是回冥府待命了。閻羅逕自坐在書桌邊，高大地俯視著床上的我，緩緩地開口道：「昱軒跟我說昨天的狀況了……我很對不起。」

聽到這裡，我再也按捺不住心中的疑問，連珠炮地問道：「為什麼你要說對不起？真正對不起的應該是我，是我給出了那種諮商、是我——」

「不，」閻羅打斷我的話，「我們應該以前就跟妳說明殿主之間的狀況和決策……這樣妳就不會陷入自責的情緒那麼深。」

「可是——」

「妳的每個諮商，但凡重大提案都是經由十殿殿主討論後並因應冥府情況調整，最後才付諸實行。」他無比認真地說：「換言之，我們並非盲目地遵從妳的建議，而是十位殿主認真討論過帶來的效益與風險才執行的。就好像妳原本提議的擂台，我們會拉大規模辦成武鬥大會，是因為當時冥府與內境的戰火一觸即發，我們需要重新評估所有冥官的能力值。」

這……這個理由跟我想像的不一樣。

「而那個金元寶，我拿到的時候就知道裡面寫著『幹恁娘』三個字了。我們討論過後還是決定把這金元寶送給內境。內境氣得直跳腳之餘依舊不願意在停火協議上做出退讓。戰前談判破局之後就是開戰了。」

「你明明可以阻止這一切的發生。」我望著現在十殿殿主中話語權最大的閻羅王說。

「是的，我可以阻止大戰的發生，我們十殿殿主都需要承擔冥官消散的罪孽，這就是決策者應背負的責任。」

「那為什麼你不阻止呢？」

閻羅的表情突然變得柔和，「妳知道為什麼我們同意妳當我們的心理諮商師嗎？」

「因為你們是一群抖M？還有因為我是你們的乾妹妹，而你們都是妹控？」

「因為我們尋求一個改變。」

又是個意料之外的答案。

「我當上殿主已經將近六百年了。這六百年來，冥府長期處於被動，不時便有冥官遭到內境攻擊，我們卻為了雙方的和平放任冥官被消滅。我們除了哀悼消散的冥官外什麼也不能做。因為長年防守習慣了，我們反而不知如何踏出反抗的那一步。」

黑面的殿主看著我，表情無比誠懇，「這時候妳出現了——我要承認小時候我們的確只是把妳當乾妹妹寵。但是妳聆聽我們的煩惱，開始出各種餿主意。妳提出了我們殿主之間從未產生過的想法，妳的提案開始改變著冥府。所以我們盡力隱瞞冥府與內境的關係和戰況，讓妳能夠毫無顧忌地提出更多想法。我們認為這種做法對冥府整體是有利的……」

「但你們忽略了我。」此時此地我只想要把自己埋進被單裡躲起來，這就是懦弱的我。

「是啊，我們忽略了妳的心理狀況。一般人類要背負人命這種重擔是不可能的，但我們發現的時候已經太遲了，我們已經不知道要如何告知妳大戰的真實情況……只能一直隱瞞下去，然後祈禱妳不用知道戰爭殘酷的一面。顯然這是錯誤的選擇。」

談話至此，我們兩人都陷入了沉默。良久，我才吐出一句：「這是要我不要自責的意思嗎？」

「是的。」

「你知道這是不可能的嗎！這麼多冥官——」

「是我們殿主的決策，他們的命由我們承擔。」

「你講得這麼輕鬆……你都說過我是一般人類了。」

「我也沒有要求妳馬上放下，能夠馬上釋懷我才要擔心好嗎？」

閻羅用手指輕推我的額頭，小時候我太調皮時他都是這麼懲罰我。

「慢慢來、一步一步來。這期間我和妳的殿主哥哥們，還有妳的兩位助理都在。我們會陪伴著妳，幫助妳度過內心那道坎，這樣好嗎？」

閻羅哥哥和昱軒幾乎都說了一模一樣的話。

原來，我根本不需要擔心會被拋棄吧？是這樣沒錯吧？

反而我需要像築今說的那樣，學習接納、不要推開身邊的善意。

「咦？怎麼又哭了……」

「誰叫你們是一群溫柔的大笨蛋！遲早有一天你們真的會被我的諮商害死！」

「害死也是我們自找的啊……都說最終決策者是我們自己了……好啦，妳的手帕在哪裡

啊？不是昨天才哭了一個晚上，怎麼還有眼淚可以流啊……」

「吵死了！別再鬧我了，衛生紙給我啦我手太短拿不到——」

至少，有人可以幫我分擔我身上的罪孽。

我的人生中能遇見他們真是太好了。

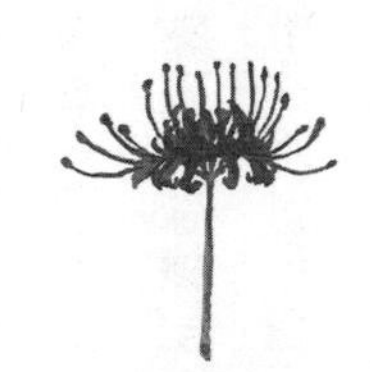

【第二十三章】

迷失／尋回

「我都以為妳要放我鴿子了。」尹重深見到我第一句話便這麼說。

「我只是工作加班而已，你就不要計較了。」下班前十分鐘突然送來一個不僅無照駕駛還闖紅燈，結果被大卡車撞飛的國中生。一送進來就是壓好壓滿。好不容易聯絡到他父親，他父親竟然直接甩給我們一句「誰準妳救了？這種不肖子就讓他死！」我們也應著父親的要求停止急救，開始聯絡往生室。

但我沒看見這位國中生的靈魂……要不是現場就被黑白無常接走了，不然就是成為路口上的亡魂一員了。

事後警察來到急診室，我們才知道原來這位國中生是詐騙集團車手，時常蹺課去外面鬼混。隨身攜帶的背包更翻出了香菸，暗袋甚至藏有毒品。

現在的國中生還真是不敢恭維啊……

也是這一堆事情，害得尹重深得枯坐在咖啡廳一個小時。

「那我們直接進入正題好了，我不想久待。」

尹重深的態度一反往常的輕浮，面無表情反而更加難猜測今天談話的內容。今天是尹重深約的局，昱軒已經同意我們會面，但是尹重深絲毫沒有透露今天會面的目的。

一個資料袋無聲地滑進我的視線。這個場面在諜報動作片很常見。

「給我這個幹嘛？」我又不是間諜或特務，為什麼要遞給我這種神秘的資料袋？由於不見任何冥官出現阻止，我也就抽出裡面的資料。

第一頁偌大的抬頭即寫著「個人資料」，然後是我的名字和照片。除卻基本的個人資料，還有生平簡介……

「恭喜妳，妳的名字出現在我們情報單位的觀察名單了。」

我緊咬下唇，不讓自己害怕的情緒外顯出來，接著細細閱讀內境對我的掌握。

……13歲診斷有思覺失調症，根據病歷記載觀察對象有嚴重的幻視情形，無法分清現實與幻覺。有無靈視力有待評估……

……二〇一五年二月四日被發現深夜倒臥在儷江小學門口，被送至醫院後一度心跳停止。後續恢復良好出院。根據觀測室記載，儷江小學當夜怨魂活動度達到歷史新高，不排除與觀察對象有關。後續觀察對象如何恢復至完全正常亦需詳細調查。

觀察對象於二〇二三年四月十一日不明原因倒臥在東臨國小教室，經檢查無大礙。同日夜晚獵人於東臨山獵殺冥官失敗，有無關聯待查。

觀察對象於二〇二三年五月二十七日遭受槍擊。根據民間警方紀錄，兇手莊婉茹於槍殺失手後即遭一箭穿心死亡，射箭手身分未明，遺體亦早已火化使得追查困難。

觀察對象於二〇二三年六月十六日遭人遺棄於古綜合醫院急診室大門。同日於50公里外觀測到陰氣大漲，波動記號與歷史紀錄之冥府第二殿殿主楚江王吻合。是否有關聯待查。

觀察對象生活並無太大異樣，求學與就業紀錄除疾病部分亦無重大異常。但多次出入急診室皆與冥官在人界引起騷動與衝突的日期吻合。不排除與冥府有所連繫——需擇日造訪或接觸確認。

我把整份資料讀完的之候才發現我的背脊濕了一片。

「你怎麼拿到這份資料的？」

「有人放在我的櫃子裡，並附上這張紙條。」尹重深右手一翻，又變出一張簡易的紙條：

請幫我轉交簡小姐。

紙條沒有署名且用電腦印刷，轉交的人完全沒想透露自己的身分。

尹重深此時的表情十分嚴肅，語氣中滿滿的不屑：「果然是表裡不一的冥府，口口聲聲說亡魂是你們的管轄，又放任遊魂和怨魂四處在人界遊蕩。現在可好了，說好要保護我的安全，結果用這種拙劣的方式陷害我，你們要不要檢討一下自己的行為呢？」

「嘴巴放乾淨一點。」我立刻維護道：「冥府不會幹這種事情，他們能有幾百種方式讓你死，根本不用用上這麼骯髒的手段。」

「我只想知道是不是冥府的人放的。如果你們真的有間諜開了這種無聊的玩笑，那麼還請嚴厲處置。這種轉交方式不僅不專業，還有陷害我的嫌疑。」

我能明白尹重深的訴求，換作是我也會嚇到半死。尤其尹重深又是與冥府有過交易的人，必定做賊心虛。這種資料夾出現在櫃子是否代表與冥府的關係暴露了？有人正在威脅我嗎？對方知道了多少？是否寄放的人就在附近觀察我的反應？

「我會幫你問清楚的。」我把紙條一同放進資料夾裡，推到桌子另一側擱置著，依舊維持一張撲克臉，「那麼換我問問題了。」

「什麼問題？」可能對冥府將他置於險境的舉動稍嫌不滿，尹重深的口氣並沒有好到哪裡去。

「如果你們的魔法不小心被一般民眾目擊到了，你們內境會怎麼處理？」

這種問題為什麼是找尹重深而不是蒼藍，自然是因為蒼藍問過了，我正在尋求第二意見。而且……我又接到了警局要我去錄口供的電話了。雖然我又用工作繁忙擋著，但不代表這招能夠用一輩子。

彥霓真的是造成我很大很大的麻煩。

「怎麼處理？當然是記憶修正啊！」尹重深反射性回答道。

「那如果超過能夠記憶修正的時間呢？」

「抵死不認帳、人間蒸發、催眠他們是你看錯了一切都是幻覺……怎麼了？妳的學妹讓妳很困擾嗎？」

「如果只是我學妹還好辦，但問題就在於不只是她……」我稍微敘述了最近被警方找去

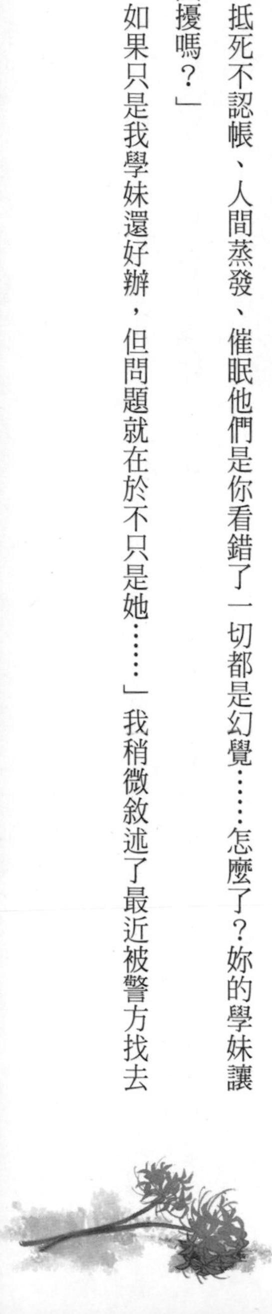

錄口供的過程。聽完後尹重深露出沉思的表情，「這的確不好辦……妳不考慮人間蒸發嗎？這是最乾脆迅速的作法，而且越快越好，不然警方真的開始監視妳的時候連消失都有困難了。」

這個道理我懂……尤其如果警方真的突然想敲我租屋處的門，卻發現怎麼也找不到我的住處時，只會讓警方對我更感興趣。

人間蒸發……作賊心虛才會人間蒸發好嗎？我做人坦蕩蕩光明磊落（除了冥府的事情以外），為什麼需要人間蒸發？逃了更顯得自己可疑而已。

「我倒是比較好奇冥府怎麼都沒有保護妳的機制。對冥府而言妳是很重要的人吧？怎麼身邊的保護看起來少得可憐？」

因為都在你看不見的地方。我的助理兼護衛隊隊長的辦事能力大概就跟他的武力值一樣高。前幾次我在毫無報備的情況下接觸內境人士，護衛隊的反應都能如此迅速了，更何況近幾次都有認真與他商量見面的時間地點，準備只會更加周全。

壞就壞在，昱軒為了我的身分考量，非必要絕不會讓護衛隊出面。

我還來不及回一些縹緲虛無的句子裝模作樣，尹重深首先拿起了桌上的咖啡，不自在地嚐了一口，眼光閃爍地飄移——

「怎麼了嗎？」

「我們被監視了。」他壓低聲音說：「是我這邊的人，而且是熟人，她要進來了。」

尹重深的聲音聽起來有點緊張，放下杯子後鄭重地問我：「妳有能夠立刻離開又不會起疑的方法嗎？」

我剛好瞧見他無名指上的兩枚婚戒，馬上就有想法了。

咖啡廳門口傳來的鈴鐺聲就是我開始動作的提示音。我拿起桌上的杯子，把裡頭的奶茶全澆在尹重深的頭上。

更不幸的是，我今天點的是熱奶茶。

尹重深被燙得頭頂冒煙，完全忘記是他自己要求我用「不被起疑的方式離開」，凶狠的眼神望著我：「妳到底在幹嘛——」

「你這個混帳！」我高聲罵道，整個咖啡廳瞬間都沉默了，我感受到有許多視線往我的方向看過來。我完全沒有打算久留的意思，尤其一轉身我就看見穿著熟悉深藍色長外套的女子站在我身後。大步離開時我還聽見那個女子對尹重深不齒地問：「你又對別人做了什麼事？」

給我的十人名單中能有兩個老婆和一個很重要的同性友人，這個人際關係真的不難猜。

踏入家門後，昱軒已在玄關恭候我多時。

「那一杯奶茶淋得真棒。」

「你看到了？」我一邊脫下鞋子一邊問。

「別人轉述的。沒能現場看到尹重深被燙得通紅的模樣我也覺得很可惜。妳都不知道他對我們造成了多少困擾。」雖然錯過了一齣好戲，但這絲毫不降低他的歡愉程度，笑容一點不藏全顯現在臉上——直到我拿出尹重深給我的資料夾。

「那麼你告訴我，這個是什麼？」昱軒不解地打開資料夾，原本一臉愉悅的臉龐立刻變得嚴肅，再翻出裡面的紙條時臉色已然變得鐵青。

「這就是他給妳的東西嗎？」

「很意外嗎？還是你想要說我早已被內境盯上，只是我不需要知道？」冥府對我有所隱瞞一事可謂前科滿滿，再多一件事情我也不意外，也不會生氣——

但是陷害且出賣信任自己的人，這個行為我說什麼都不會原諒，就算是冥府也一樣。

「這就是選擇信任你們，接受你們保護之後的結果嗎？你們往他的櫃子裡放這種東西的時候心裡究竟在盤算著什麼？有一天你們是不是也會設計我？虧我全心全意相信你們！」

昱軒嘴巴半張停頓了半晌，然後不可置信地說：「妳覺得是我們派人放的嗎？」

「不是你們還有誰？」我反問道：「為了我的安全，你們連人都可以殺了——」

「佳芬，如果是為了妳的安全，我們老早在他想盡辦法接觸妳，甚至是喚起彥霓的記憶時就採取行動了，根本不會留到現在用這麼拙劣的方式。」他是冥府方，自然是先站在冥府的角度說話：「而且如果不是迫不得已，我們也不想殺米凱爾，妳也知道我們一直都不喜歡傷人——」

「真的嗎？不喜歡傷人所以借他人之手傷害尹重深嗎？你們應該很清楚尹重深與冥府的關係如果被發現，絕對不只有他一個人死亡這麼簡單，會波及到他的親友，十人名單當中甚至有小孩！」

眼見這樣還說服不了我，眼前的行刑人搬出了老話：「佳芬，妳要相信我們。冥府所做的一切都是為了妳的安全，而我們也絕對不會做出陷害別人如此卑鄙的事情。」

「真的嗎？」

「妳說什麼？」

「我說，你們做的一切真的只是為了我的安全嗎？」

「佳芬，妳為什麼會有這種想法？冥府從以前到現在為了妳的安全和努力做了多少的犧牲——」

「你們都能設計尹重深了，我怎麼知道什麼時候會輪到我被你們背叛！」

「尹重深跟妳的情況完全不一樣。妳是十殿殿主的乾妹妹，尹重深僅僅就是一個與冥府做交易的內境人士。我們本質上就不會背叛妳！」

「你現在是承認需要的時候也會背叛尹重深嗎？」

「我根本沒有這個意思！我只是想要表達妳很重要，我們會傾盡全力保護妳——」

「不對，」我立刻反駁道：「是因為你們殿主把真名告訴了我吧？」

因為從時序上來看根本就不對。如果冥府因為我是十殿殿主的乾妹妹而保護我，那麼早在七歲我傻傻地被十位哥哥連哄帶騙喝下象徵性的結拜茶時，就應該獲得所有的保護了。很顯然的我身邊的保護，是在我十七歲的那次意外之後才加上去的。

不然十七歲的我走進廢棄小學大門時，就應該有冥官要出現阻止我了。

這些我一直都知道，只是克制著自己不去想、不去深究。

因為我內心深處知道答案是什麼，所以不敢去想。

「如果真的傾盡全力保護我，當年我根本就不會踏進儷江小學。」

這就是長久以來最弔詭的地方。

「你們明知道儷江小學那個猛鬼聚集地就在我家三條街外，卻只是告誡我遠離而沒有做清除，這是為什麼？」

為什麼放任有危險的東西繼續害人？這種行為跟共犯沒兩樣吧？

「佳芬，妳先冷靜一點好不好？妳高中時期的事情全是殿主轉述，我實在沒有辦法了解當時的狀況。但是這種陰宅冥官能不動會儘量不動——」

得到答案了。

如果之前充其量只是強烈懷疑，昱軒現在的反應和解釋只是驗證了我的猜測。

事實從來不需要過多的解釋。

「所以，儷江小學有一部分也是因為你們的關係吧？因為你們沒有正視這個問題——」

「佳芬，我不知道妳哪來的想法，但妳要聽我說——」

「沒關係，我自己找答案。」我打斷昱軒的話，對著空氣喚了一聲：「郭勇達。」

這陣子日夜伴隨我身邊的助理二號隨著喚名突然出現在我身邊，視線來回在我與昱軒之間來回，滿臉不解，「佳芬，妳怎麼突然喚名？我只是按照前輩的命令在冥府待命——」

「郭勇達，閉嘴。」築今很弱，完全沒有辦法抵擋基本的喚名，只能乖順地完成指令。擁有他的真名的我隨時都可以將他玩弄於股掌之間，在喚名的效力下，他就只是一隻聽話的人偶。

「佳芬，妳住手！這樣對築今很傷——」

「郭勇達，告訴我為什麼冥官不積極回收怨魂。」

「因為回收怨魂需要的人事成本太高，除了把怨魂帶回冥府之外，且需要多道程序將怨氣去除，才會成為能夠接受審判的亡魂。」築今回答的時候呈現眼光呆滯，再度回神時他目帶淚光地看著助理一號，「昱軒前輩，救我……」

「人事成本太高是吧？我看你們冥官的假期挺多的，這還會不夠人力嗎？那麼，郭勇達你再回答我，為什麼殿主們沒有清理儷江小學的怨魂？」

「佳芬，妳不要逼我——」

「這我並不清楚。」築今回答道。想來築今不知道也很合理，他說不定連儷江小學是什麼地方都不清楚。沒關係，那我換個題目——

「郭勇達，冥府會怎麼處理殺傷過人的怨魂？」

「佳芬！」

很可惜的，被真名束縛的築今口中只能吐出他所知的事實，無法被制止：「採取放任態度，就跟一般遊魂一樣。」

果然，就跟我猜想的一樣。

「繼續回答我，郭勇達，究竟要到什麼程度的怨魂才能引起冥府的注意——」

我的喉嚨被冰冷尖銳的物體抵住。平時溫柔的昱軒此刻眼中透著狠戾，碰觸我喉頭的劍尖正透著刺骨的惡寒，他說出的話也如同長劍一般毫無溫度。

「簡佳芬小姐，還請您不要再使用喚名控制冥官。冥官將真名託付給您是出於對您的信任，以及有危險的時候可呼喚我們求救，而非給予您控制我們的權利。」

我知道，我當然知道啊！難道你以為我願意使用喚名控制冥官嗎！

但就正如尹重深所說的，冥府是一群表裡不一的傢伙啊！

「我也把整個人都託付給你們保護了啊！但你們一而再、再而三的欺騙我。口口聲聲說不喜歡傷害人類，你們卻放任傷人的怨魂在人界行走。說什麼盡全力保護我，結果你們讓我踏進了儷江小學。我是真的很想繼續相信你們，就算我差點被怨魂殺死，就算你們殺了米凱爾，我還是選擇繼續相信你們——可是你們在尹重深背後捅了一刀！」

絕望、不安、不信任，所有的負面情緒交錯在一起，構成了此次的對話。

「是不是有一天我也會被你們出賣？這樣的情況下我是要怎樣繼續相信你們！」

我也會害怕啊……當年被拋棄在廢棄小學的畫面在眼前一閃而過，只是這次將我團團圍住的不再是散發赤色不詳光芒的怨魂，而是身著深藍色長版外套的內境人士。

不管是哪個場景，我都動彈不得，無法逃出。

因為我就只是個普通人類啊……就算能夠喚名……但如果殿主們能夠抵抗喚名了，如果冥府決定拋棄所有能夠被我喚名的冥官，我是否就此喪失自保的手段？

心裡有個聲音輕聲提醒我：妳還有蒼藍。但蒼藍的立場一直不明，現在又冒出向亞繪的家族這層牽掛……危機時刻他真的能夠信賴嗎？

我的胸口因為激動的情緒劇烈起伏著。順著劍身望去，昱軒的眼神變得相對柔和，「佳芬，我們很多事情不跟妳說得太詳細，是因為我們希望妳能夠有一個正常、快樂的人類生活。我們冥府的立場和想法真的就是如此簡單——」

「那你覺得我現在快樂嗎？」淚水在我眼眶中打轉……可惡，為什麼我就這麼沒有用？

連眼淚都不願意多撐住幾秒，就這樣不爭氣地滑落臉頰。

昱軒的嘴巴一張一合，尋找著最適合回應我的話。

「佳芬，我覺得現在妳需要冷靜一下。明天我再來找妳。」

很可惜地，他找不到。

面對我的負面情緒，連最了解我的宋昱軒都選擇放棄。他召上築今，受驚的築今在他身後跟得死緊，寸步不離。

兩人離開之前，築今回頭看著我，細小的聲音在壓抑的空氣中迴盪著：

「佳芬，我們都很關心妳。不要推開我們，好嗎？」

築今的話如此溫柔，卻如同銳利的爪子般緊抓我的心臟，扎得滿目瘡痍又血流如注。

明明今天最受傷的應該是被我控制的他，為什麼他還願意對我這麼溫柔？

為什麼……為什麼我又把關心我的人推開了？

為什麼我還是做不到接受別人的幫助？

為什麼我總是讓身邊的人受到傷害？

明明……這一切都不是我的本意。

隔天，宋昱軒並沒有如他所言來找我。

再隔一天亦同，然後是下一天、再一天、又一天……

就連築今也消失了，我的生活回到築今來到我家之前的模樣，自己一個人在外頭吃飯，每日打開房門面對了無生氣的房子，睡醒後繼續前往醫院上班……

不，以前偶爾還有昱軒和其他冥官到訪或諮商，現在諮商全數停擺，偶爾來我家串門子的冥官也全消失了……

我成了孤單的一個人。

但這一切都是我自找的，是我將它們推開的，不是嗎？

我往自己的臉上潑冷水，藉由冰冷的溫度讓自己打起精神，迎接新的日子。

冥官消失了，沒有諮商對象的我不再是冥府心理諮商師，就只是普通的急診護理師……也幸好我還需要上班，不然成天面對空蕩蕩的屋子只會讓人更加鬱悶。

「學姊，妳最近還好嗎？看妳最近都無精打采的……」

「我沒事。」面對彥霓的關係，我也是一貫地推開。這不僅是為了我的安全，也是為了她能平安。原本彥霓還會多問我幾句，但是當得到的答案是一貫的「我沒事」後，彥霓跑來關心我的次數也變少了。

我也不敢主動去找冥官，因為我不知道要怎麼去面對他們。

轉眼，兩個禮拜過去了。這兩個禮拜什麼也沒有發生，沒有冥官、沒有內境人士、就連

醫院的人際關係和社交都慢慢抽離開來。漸漸地，我也習慣了新的生活模式……

只是，我的心中有個空洞，它正漸漸地侵蝕著我……

我不想要孤單一個人。

最後，我還是孤單的一個人。

這天我剛關上家門，許久未響起的風鈴竟發出清脆悅耳的聲音。我仰頭望著風鈴，有點納悶。自從我被宋孜澄攻擊之後我便取消了絕大部分的心理諮商預約，跟昱軒吵架之後更是所有的諮商都取消了……

我從貓眼望出去，看到穿著古典風長洋裝的祐青……

等等，這已經是改良版旗袍了吧？

不要跟我說她平常穿這樣出門！

我正要轉動門把的手卻猶豫了一下……祐青怎麼突然來找我，還穿成這副德性？該不會有詐吧？

此時，一把稚氣未脫的聲音在門外喊道：「佳芬，我是曉蕾，快開門吧——」

再次望出貓眼，還真見著一位穿著蘿莉塔風格裙的秦朝蘿莉站在祐青旁邊，奮力地對我揮手。我連忙打開門，把她們兩人都邀請進屋裡。

「妳們兩個怎麼會過來？」問題當然是導向兩人當中資深許多的曉蕾妹妹。曉蕾妹妹還沒說話，祐青就先幫她回答：「師傅說要過來拜訪個簡小姐——」

「師傅？」

「喔喔，佳芬妳還不知道吧？我前陣子收了祐青當徒弟，她學得還不錯呢！」

我又望向祐青的方向，祐青有些不好意思地說：「那次在簡小姐諮商的時候，我可能不小心製造了點小範圍的幻術……原本我以為是憶起生前所造成的現象，是師傅找上了我我才知道那是幻術。」

當時在諮商祐青時出現的蟲鳴鳥叫和水聲果然不是常態！不就幸好我當時有及時讓祐青冷靜下來，我可不知道幻術會對我造成什麼影響。

「祐青被我好好培養一定會成為強大的術士！」外表只有七歲的秦朝蘿莉振奮地說：「但是佳芬妳應該看不見她出師的那時候了，除非妳也成為了冥官。」

「嗯……我應該沒有成為冥官的打算。」冥官就只是被奪去了軀殼，剩下靈魂活著的存在而已，而我真的沒有想繼續帶著這世記憶繼續存在的想法……

——尤其到目前為止我人生的記憶好像痛苦的記憶遠遠多於美好的回憶。

「但如果妳出師的時候，歡迎來我的靈位前表演個幾招？或許我可以用另一種方式欣賞到呢！」雖然是開玩笑的口氣，但或許我心中還真有幾分期待祐青在我靈位前帶來的演出。

這樣祐青的諮商紀錄也要跟著更新才行……而且能夠成為術士，祐青應該就不用擔心她與祐寧的能力差別了吧？一個法師一個劍士，這樣子組隊搭配輸出與防禦的平衡兼顧，遠近攻擊和輔助也都包辦，未來的表現指日可待。

祐青聽到我的回覆後，對她師傅隨口提起生死的不認同表情這才收回。

本來活人就會避談死亡，不忌諱是不可能的，祐青的反應很正常，倒是突然提起的曉蕾妹妹……

「祐青，妳先回冥府去。我跟佳芬聊聊。」

「是的。」接到師傅命令的徒弟很快就離開這間屋子，我則是等到門關上後才站起身，一邊打開電視一邊說：「妳是想要看星之海魔法少女才支開祐青的嗎？那下次就不要帶祐青一起來啊——」

「不是，我這次是真的想要來找妳聊天的。」曉蕾妹妹跳下餐桌椅，一樣用活潑的聲音說：「我們一起坐在沙發上好嗎？」

我……好像也沒有拒絕的餘地吧？我乖乖地落座在沙發上，曉蕾妹妹短腿一蹬跳到我身邊的位子……

「佳芬……昱軒和築今都很擔心妳。」

——然後開始今天的話題。

「我知道……」

「不只是妳的兩個助理，就連殿主們、黑白無常、甚至是妳的個案們，就連妳的學妹都很擔心妳的狀況。」

「我知道……」我的聲音更小聲了，雙手不安地抱緊沙發上的抱枕。

「昱軒曾經多次建議妳要多相信身邊的人，把自己的煩惱說出來，築今也是有在跟妳溝通不要將身邊的人推開——」

「我知道！」我忍不住提高了音量，但身邊的秦朝蘿莉不為所動，我在她的視線注視下十分不自在，只得把自己縮得比抱枕更小。

「對不起……」

「不用說對不起，對不起的應該是我，我真的很不擅長安慰人。所以宋昱軒來拜託我的時候我也很猶豫，我真的是最好的人選嗎？」

是啊，我也很好奇為什麼來安慰我的會是秦曉蕾。我跟她稱不上深交，平時頂多是借她電視看動畫的關係……

「可是宋昱軒的理由我還蠻認同的。他說『前輩不是佳芬的個案，應該可以做為平等關係對談』。」

那傢伙真的很了解我的諮商手法。

「所以，妳可以告訴我為什麼妳一直無法更坦率地表達自己的想法嗎？」

「我——」我一時語塞，還真不知道怎麼回答比較好——

不是、不對，我不是要回答最正確的答案，而是要回答自己心中的答案。

我……「我覺得這需要一點時間習慣……」

習慣怎麼樣說出自己心中真正的想法，而不是說出對方希望聽到的答案。

本來心態、思維、想法這種縹緲虛無的東西就不像有實體的機器一般，把有問題的地方修理好即可，壞掉的零件就替換掉。

本來組成一個人的「心」就是由成長經驗組成，每個人的成長經驗不一樣，所以「心」的組成也不一樣。不能替換也不能維修，只能一步步引導，為深陷迷惘泥沼的人們引出一條線，讓他們能夠循線脫離。

但這需要時間，這一定需要時間。

我真的很努力，很努力地想要改變自己心中扭曲的想法，與和身邊的人的互動方式。

就像曉蕾所說的，更坦率地表達自己的想法……

就像築今所說的，不要推開身邊的人……

就像昱軒所說的，信任他、勇敢地把心中真正想說的託付給他……

有時候就是沒辦法啊……尤其是對著熟悉的冥官時，這個情況又更是嚴重。

我是他們的心理諮商師啊……是要怎麼說出我心中真正所想的呢？我的功能就是消去他們的煩惱，怎麼可以再分擔煩惱給他們呢？

我何嘗不知道自己的問題呢？

我只是——

「妳只是不想給我們帶來麻煩。」曉蕾不知道如何得知我的腦裡在想些什麼，大概是在世上行走快三千年的經驗和功力吧？她繼續說：「但妳知道，妳放在心中壓抑過久，爆發出來的時候反而會給身邊的人更大的困擾嗎？對別人的事情妳就能夠勇敢地說出自己的想法，還能引導他們，為什麼對於自己的心理狀態反而畏畏縮縮的呢？」

我吞吞吐吐地說：「其實我有發現……但就……」講到這裡我深深地嘆了口氣，然後客廳陷入尷尬的沉默當中。

我也很想脫離這種惡性循環啊！我也很努力地要調適自己的情緒啊！只是我也不知道為什麼總是以最壞的形式表達我心中的負面情緒。

雖然看起來不像，但我真的很努力。

「把妳的資料和紙條放在尹重深的置物櫃的並非冥府這邊的臥底。我們這邊的臥底跟冥府的聯繫管道一直都維持暢通，也沒有被發現的疑慮。」曉蕾突然切了個話題：「這點十殿殿主能夠跟妳擔保，那份資料並非冥府所為。我們很感謝放置的人替我們冥府示警就是了。」

「那麼……」字條上分明指定要給「簡小姐」，只有冥官會這麼稱呼我——

「是蒼藍的人。顯然他擺了一個臥底在內境裡好幾年了，不曾也不願與我們提起。」曉蕾提到蒼藍的時候雙手一攤，「我們還真拿他沒辦法，不就幸好現在禁令解除了，可以狠狠地揍上一頓——」

「他在你們的定義裡還算活人嗎？」我脫口而出，曉蕾被我的話驚得瞪大眼睛，「他自己跟妳說的嗎？」

「嗯……也不算，只是我大概能猜到，他可能不只十六歲這件事。」陸續幾次不協調的字眼和敘述就能看出來了，蒼藍大概類似孟婆湯少喝一口保有前世記憶之類的吧？而他前世剛好是內境黎家的人。

蒼藍那天與我對峙時，我遞出去的冥酒他沒有拒絕或疑問也算是肯定了我的猜測。

「我能保證，妳不管心中有什麼猜測，一定會跟事實差上一大截。但我會建議妳不要去深究，這在他心中是永遠的痛，就像妳心中永遠也有不想再被提及的事情一樣。」

「我知道。」我不是白目也不是笨蛋，這個基本道理我懂。

「知道就好。」曉蕾接著說：「還有妳提到的儷江小學——」

「冥府評估風險後覺得處理起來太過危險，所以暫且擱置，這樣的處理方式很正常。是我自己白癡不聽勸還一頭栽進去，差點死掉也是我自找的。」搶完話後我才發現此時不應該套用自己的臆測，而是應該好好聽曉蕾她的敘述，只好連忙道歉。

「不需要道歉，因為這的確是冥府的立場……但妳知道殿主們其實有努力過嗎？」

我頭歪向一邊，表示完全不知情。

「儷江離妳家太過靠近，這點殿主們很早就意識到了。也有找冥官做清理，開出的報酬甚至突破冥府有史以來最高紀錄。只是……當消散了第三個冥官後，殿主們便把任務單給撤了。」

「……」

「而那些殺人傷人的怨魂，他殺傷的人絕大多數就是他的怨念，這完全是因果關係，所以單一個體我們通常會放任。要知道，我們冥官無法改寫生死簿。這個人在這個時間點會被怨魂殺死，在怨魂完成他所需要取走的性命前，我們也只能把這隻怨魂留在原地。」

說到這裡，曉蕾抬頭誠摯地說：「不要忘記，冥官是世界規則的執行者。生死簿上寫的，我們就只能遵守。只要稍有違背，後果都會不堪設想。」

……應該說打從一開始，我拿這點去質疑冥府、去找昱軒吵架，就只是我自己不成熟的表現而已。

當時我為什麼會與昱軒起了爭執？

就只是害怕被冥府用一樣的方式背叛吧？

「我……果然還是太任性了吧？」

「妳還是可以任性啊，妳是十殿殿主的妹妹呢！」外表年齡才七歲的曉蕾輕拍我的額頭，用著和她長相完全不符的口氣循循善誘地說：「吵架歸吵架，但以後不要任意用喚名控制冥官喔！沒人喜歡被控制心智。」

然後就這樣被原諒了。

我真的是得到太多太多人的疼愛了。

「如果我跟他們道歉的話，妳覺得昱軒和築今會接受嗎？」

但就算被原諒，我還是想要認真道歉。不管是對昱軒還是對築今……說不定還有彥霓。

「一定會的。他們也是打從心裡認真想要守護妳、陪伴妳的人。」

「真的嗎？」

「不然，我幫妳把人叫上來，讓妳能夠當面道歉呢？」可能知道我自己會很難開口，曉蕾馬上自告奮勇當個傳聲筒：「妳想要先找誰呢？」

「我……」我遲疑了一下，然後決定先叫我心中最重視的人，「我想先找昱軒。」

曉蕾立刻就離開了客廳，我只好一個人在客廳焦慮煩惱著。

昱軒上來我是該說什麼？我要怎麼道歉？他真的沒有生氣嗎？他一定有生氣吧？不然怎

麼都沒有上來找我，就把我丟在人界了呢？

我到底……

日光燈閃爍的當下，我馬上回頭看著昱軒平時會冒出來的位置……我才發現這兩個禮拜我有多麼地想他。

「昱軒……」

「對不起……我沒有照著約定回來。」反而是昱軒先道歉了，他避過我的視線，輕聲地說：「但我不知道要怎麼樣面對妳……」

「我也是。」

我用言語傷害了他，他也用劍直指我的喉嚨。

如果不是他找來了曉蕾，我們的關係還真的不知道怎麼繼續下去。

「我也很抱歉，我覺得我……我覺得宋孜澄的事情還是對我有點影響，說不定還有戰爭的事情……但我真的有想努力挺過來。」

坦率地表達自己的想法。曉蕾是這麼跟我說的。

「……從頭到尾，我最不想傷害的是你們。」

而在所有認識、熟識的冥官，我最最不想傷害的人就是站在我眼前的這位。

不是因為他是我的助理，而是更超越助理、超越朋友，在心中更重要的地位。

那個地位他在好幾年前就獲得了。

坦率地表達自己的想法。

「昱軒……」我深吸一口氣，鼓足生平所有的勇氣說：「我其實一直都很喜歡你。」

……然後靜待他的答案。

「我知道，妳好幾年前就這麼跟我說過。」昱軒的答案讓我屏息，他冰冷的大手覆蓋我的頭時更是讓我心跳停了一拍。

「我也很喜歡妳……」

我抬頭看著他，難以置信。

我總算……

「——就像殿主們喜歡妳一樣。我也一直把妳當可愛的妹妹看待。」

如果剛剛期待有多高，我的失望就有多大。

四年後，我收到的答案竟然跟四年前一模一樣。

他還是只把我當作「妹妹」。

可是我想要的不只是兄妹關係啊！

「所以妳不要想太多，就算妳不做我們的心理諮商師了，我還是會保護妳的，懂嗎？」

昱軒笑得很溫柔，很溫柔，撫摸我頭髮的大手也一樣的寵溺——對妹妹的寵溺。

所有人都鼓勵我坦率地表達自己的想法，把真正想說的說出來……

但就這麼一件事，請允許我永遠深藏心中。

如果剛剛我鼓足生平最大的勇氣告白，那我現在就是用上我生平最厲害的演技擺出滿足的笑容——

「懂。」

——掩飾我心中的空虛與失落。

我終究沒辦法獲得我心中嚮往的幸福。

【第二十四章】殞落／加冕

雖然冥官們回到我的生活當中，但諮商並沒有恢復。

根據昱軒的說法，殿主們現在忙得焦頭爛額。由於蒼藍的間諜示警，冥府方的臥底正在加緊蒐集情報，確認內境對我的掌握究竟到哪。如果真到了隨時會曝光的邊緣，他們就要把事先擬好的警告函丟到他們家門口。

而且他們除了我的問題，還有戰事的事情要煩惱。顯然最近內境的動作又更頻繁了，上個禮拜連續幾天都對交界處發動零星的攻擊。這禮拜又突然毫無動靜，不免讓人擔心內境是否正在準備更大一波的攻勢。

而當我問起蒼藍他安插的臥底是否有出賣我的危險時，蒼藍只回了我一句：「不需要妳擔心。」

但當我問起他的臥底安全是否需要擔心時，他皺了一下眉頭，然後一樣回了我一句：「不需要妳擔心。」

應該是需要擔心了……但我也不能幫他的臥底作任何事情，只能祈求那位好心的臥底能夠安全度過這波身分危機了。

「蒼藍為什麼要安排臥底啊？他不是每次都說自己跟內境沒有任何關係嗎？」我支著下巴認真思考著蒼藍的理由，但發現怎麼樣也猜不出來。

「為了亞繪小姐一家吧？魏大人看起來很在乎亞繪小姐家族的安危。」在廚房另一邊的築今將煎蛋夾進剛蒸好的饅頭裡，再為我倒上今天剛煮好的豆漿。

「可是亞繪也是今年才知道自己是內境家族的後代，而蒼藍已經安排臥底好幾年了……」

算了，別去多做無謂的猜測，反正冥府他們自己會跟蒼藍溝通。我擔心我自己的事情就好了。

「那我去上班了喔！」我看著有點多來不及吃完的早餐，跟築今說道：「早餐……很好吃，但我不大喜歡饅頭當早餐，有點太飽了。」

築今回頭，對於我這次會與他討論菜色先是一愣，可能因為之前我不是靜靜地吃完就是隨便扒個幾口便回到房間關自閉吧？

「那麼妳比較喜歡吃西式的早餐嗎？」

「不一定欸……我只是不喜歡早餐吃太飽。上班肚子容易不舒服……上次的燒餅就很好吃。」是真的很好吃的那種。明明我家裡只有瓦斯爐和微波爐，我的助理二號的自製燒餅卻能好吃到差點讓我把盤子也吞了，害我時不時就想要請他再做一次。

「杜謙他們也說我的燒餅很好吃，都想幫我開網路商城賺點外快了。他們管理網站，我負責做菜就行了……啊，杜謙就是常幫我試菜的大學生，同個租屋處的還有另外兩個室友，也都是同班同學。」

「交友可以，但不要被他們賣掉喔！」我開玩笑地說，心中難免有點擔心築今會不會單純到自己被賣掉都不知道。

「我會小心的。昱軒前輩也常跟我叮嚀『交友可以，但是絕不可以帶給冥府麻煩。』」築今說完，又繼續問道：「那麼佳芬晚餐有特別想吃什麼嗎？」

「嗯……沒什麼想法。你準備就好。」我拿起背包對廚房喊了聲：「那我出門上班了喔！」

「佳芬要早點回來，不然妳會被昱軒前輩唸喔！」

「好啦！」

我的身邊這一群很溫柔的傢伙同時也是一群很愛嘮叨的傢伙啊……

「佳芬，妳有彥霓的聯絡方式嗎？」

「嗯？阿長不是有她的電話嗎？」我們急診護理師也有一個通訊群組，彥霓的帳號不也就擺在上面嗎？我又追問道：「怎麼了嗎？」

「彥霓整個大夜班都沒有出現。我打電話給她也不接，去敲她的家門也沒有回應。」

「會不會在她男朋友那邊呢？」

「找過了。我們從凌晨一點半找到現在都沒有消息。她男朋友從前一天久沒見過她了。」阿長雙手抱胸，憂心地說：「我們是不是應該報警啊？」

我是覺得應該……這應該不是單純的翹班，而是已經算失蹤了吧？

等等傳個訊息請蒼藍幫我找一下好了。正當我要走回更衣室拿我的手機時，後方的學姊突然驚呼出聲：「彥霓！我們找妳好久！妳怎麼變成這個樣子？」

我一回頭，面貌姣好的彥霓此時披頭散髮，臉色無比憔悴。她雙眼布滿血絲，衣衫不整，不說還以為是某個失眠已久的病人。

她瘋狂地掃視整個急診室，目光很快地落在我身上。

「學姊！」她快步走來，雙手緊抓住我的肩膀，「妳快逃，他們要追上來了——」

不是，妳這沒頭沒尾的都在講什麼？

「彥霓，妳冷靜一點慢慢說——妳是說哪個他們？」

「就是那些會魔法的人！他們抓了我，問了我很多關於妳的事情，他們——他們——我沒有辦法不回答，學姊妳快逃——」

其他同仁或許會把彥霓當做精神錯亂，對我而言，如果彥霓說的是事實……

我必須立刻離開，躲回家或躲去城隍廟都好，我不能再待在沒有冥官的地方。

很可惜的，我完全沒辦法做到。彥霓原本抓住我肩膀的雙手改而抓住我的雙手的同時，一道黃色的光自我眼前爆開——

再度清醒的時候，我發現自己躺在一張病床上。正當我以為自己又回到加護病房時，完全淨白無物的空間馬上否決我的想法。

我心下一驚想要起身，卻發現自己動彈不得。雙手和雙腳都有皮帶綁著，嘴巴也無法出聲求救，應該是被下了噤聲咒之類的魔法了。頭雖然能夠自由活動，但是左看右看都只看到一片白到很不自然的牆壁。

我在哪裡……此時我想起失去意識前，彥霓慌亂地叫我快逃，說什麼有會魔法的人抓了她還問了許多關於我的資料。

這段記憶回來時，我終於了解自己的處境有多麼的糟糕。會把我綑得這麼嚴實的絕對不是一般人類，更不會是冥府。只有一方會把我這個手無縛雞之力的弱女子視作極度危險的人物，像囚禁猛獸一般對待我。

我被內境抓了。

幹，是放了陷阱在彥霓身上才放她回來的嗎？

說實話，這也不是我第一次被內境抓了。作為階下囚的經驗也不是沒有，只是上回還有彥霓陪著我，而且也能自由活動，還有一個愚蠢的看守，怎麼樣看都對自己有利。

這回完全剝奪我的行動力，連嘴巴都被封，應該不是因為知曉我能夠喚名，而是不知道我有什麼能力，只能把我當內境人士對待。我猜他們平時對待關進牢房的內境人士便是這般約束：封住嘴巴奪走唸咒的管道、限制手腳甚至手指的活動避免結印或其他施咒的手勢、換下全身衣服並把首飾也取走是為了避免還私藏任何法器或符咒……

就算得知這些，被綁著的我依然無法有任何行動。

我又試了試皮帶的強度，確認自己絕對無法掙脫後就不多浪費力氣了，改而觀察周遭環境，看能否再獲得什麼訊息。

四個角落都有監視器，牆壁有軟墊襯著……是防止撞頭自殺嗎？我覺得更有可能防止被關進來的魔法師流血，搞個用血畫魔法陣之類的特技。那麼關住我的人應該會從哪邊監視我呢……

等等，我醒來之後也有點時間了，卻沒有任何該有的生理需求……總會有尿意或肚子餓之類的情況吧？但我現在沒有任何感覺……

所以，這裡不是真實的世界嗎？還是說魔法可以消去這些基本生理機能呢？

可惡，我連自己究竟身處在現實還是幻境都沒辦法搞清楚……

「砰！」一面牆突然爆開，飛沙走石打到我的臉上……這些細微的反應倒是很真實。而從沙塵中踏進白色房間的不是別人，正是宋昱軒。

昱軒立刻向我奔來，用配劍斬斷了束縛我的皮帶，再用手摀住我的嘴巴。他的手移開的時候，我發現自己的聲帶又能夠正常出聲了。

「昱軒，你……」

「佳芬，我們快走，外面內境人士太多了——」他抓住我的手便想帶我離開牢房，我卻在他的手碰上我的時候大力甩開他的手。

「佳芬，妳在做什麼？」

不差這幾秒，先讓我確認一下身分不為過吧？

「曉蕾妹妹姓什麼？」

而且如果是真的昱軒，應該馬上就能回答這個問題。只見「宋昱軒」又想伸手拉我，「妳不要再拖時間了！內境人士馬上就要攻進來了，我們撐不了多久的——」

我也再次拍開他的手，篤定地說：「你是假的。」

眼前的「宋昱軒」聽見我的話之後，便化作細沙隨風拂去，周圍的場景像被推倒的沙堡一般崩塌。沙子聚集成沙塵暴在我四周打轉了一陣便又重新構築新的場景。

這次是古綜合醫院的急診室。

「哼，」我不住冷笑一聲。想這樣玩嗎？那我可以奉陪到底，慢慢地把所有不協調的點挑出，將假象一一擊破。

誰叫我是一個疑心病很重的人呢？

敞開的急診室大門彷彿歡迎著我，我也不假思索地接受了邀約。然後照著平常上班的情況，先去更衣室換上工作服，然後再下樓與學姊交班病人事項。

今天真是幸運，剛好是上最喜歡的急救區，而且病人也相對地少，交到我身上的只有一個胃穿孔剛開完刀，正在等加護病房的病人。

能夠自由活動總比被綁在床上舒服多了，不管這是幻境還是真實都一樣，所以我不介意在這個「古綜合」多待一會兒。

「佳芬，上次災難演習的魔神仔——」

「我都說了我沒有看到什麼魔神仔了……小魚妳就放棄吧……」可能因為古綜合的情報容易獲得許多，日常對話竟然模仿得很像，就連醫療場景也抓不出什麼錯誤，設計這個幻境的人確實有做足功課。

當然有做足功課，他們不是才剛抓了彥霓嗎？

此時侯醫師在我身後說道：「等等有一個GCS三分（Glascow Coma Scale，即昏迷指數，滿分十五分，最低三分）的要送進來，佳芬幫我準備插管的東西喔！」

「收到。」我轉身便從平常的櫃子拿出氣管內管、喉頭鏡、空針——用品的放置位子都正確……幻境的細節有辦法做到這麼好嗎？

我迅速搖頭，把這層迷惑趕出腦海。這個古綜合是我親眼看著沙子建構起來的，不管怎麼想都只可能是假象，這完全不用迷惘。如果要更徹底地迷惑我，那就應該設定成讓我從自

家床上醒來，說不定我就會把剛剛被內境擄獲那幕當成夢境，然後再走路到假的古綜合上班。但內境沒有我家的情報和長相，粗製濫造的假象只會讓我更篤定這不是真實。

或許……方才切換場景時，他們有使用記憶修正的魔法，讓我能夠忘掉假的宋昱軒，甚至是換場的沙子，只可惜我已經沒辦法被修正記憶了。

那就做平常的事情，不要被發現我其實記得他們的小動作。這樣他們的破綻會更大。

突然，急診輕症區傳來一陣騷動。往那邊望去，只見一個病人似乎不滿意抽血報告的結果，不斷對醫生質疑為什麼自己全身不舒服，抽血報告卻沒有異常。

難道你希望自己的抽血報告出現一大堆紅字嗎……對此我和周遭的同仁都有一樣的想法。健康很好啊！要好好珍惜現在年輕氣壯，肝腎功能都在正常值的身體，年紀一大身體自然會有許多毛病找上門的。

「爛醫院！說我身體沒有事還要我繳錢，給我記住——」那位大哥忿忿不平地直接把繳費單撕成碎片，頭一扭就離開急診室。門口站崗的保全也沒有想特別攔他，反正不久之後催繳單就會寄到他家信箱裡，不需要做多餘的事情。

面對無理取鬧的病人，眾人早就習以為常，只是一個聳肩就埋頭回到各自的工作當中。

下午時分，急診門口突然傳來群起吆喝聲。我順著聲音望去，居然有一整群的黑衣人持著刀械往急診衝——

「各位大哥，你們再不離開我就要報——唔！」以身攔在急診門口的保全還沒有說完，腹部就先挨了一刀。一刀還不夠，彷彿有著血海深仇一般，砍傷保全的黑衣人抽出刀子，下一刀砍在胸口、接著是脖子……就算保全再無還擊之力，刀子依舊往他身上不斷落下。

其他的黑衣人見狀，不但沒有感到害怕，反而在一旁歡呼。彷彿鬥牛一般，這群黑衣人見到紅色的鮮血後氣勢更是高漲，其中一個更是舉起開山刀高喊：「兄弟們上啊！老大要我們把這間破醫院砸了，我們就把他砸個徹底，為老大出氣！」

帶頭的黑衣人精神喊話完，其餘的黑衣人湧進急診室，看到身穿制服的醫護人員便砍，沿路能拿起來砸的便砸爛，不能摔的便用球棒敲成廢鐵……

這……

這什麼鬼啊！現在是大白天耶！大白天就來鬧事這樣合理嗎！

幾乎是黑衣人衝進來的當下，我們就往另外一個通往醫院裡的門逃去，根本無暇顧及倒在血泊中的醫護人員。而我才剛看到另一道門，一聲槍響嚇得所有人驚聲尖叫——

「阿長！」

在眾醫護人員面前，我們的天使阿長後背處有一塊鮮紅迅速暈開，染紅白色的護理師制服……

「快……逃……」阿長用盡最後的力氣對我們說。失去生命的身軀如同破布偶般摔在地

上，死不瞑目的雙眼直勾勾地看著我的方向。

這是假的……這是假的……我努力說服著自己，這一切都是幻境。幻境之外，我們的阿長一定還生龍活虎地在上班，現在說不定還在消化我突然消失在一道黃色光芒的畫面。

周遭好幾個學姊都被嚇哭了，尤其當硝煙未散盡的槍口轉向對著自己時……

「你殺了阿長！」彥霓不顧旁人阻攔，推開人群抄起地上的球棍便把黑衣人手上的槍枝打落……

等等，彥霓不是才剛被內境放回來嗎？怎麼立刻就換上制服了呢？

我的直屬學妹隻身一人擋在我們前面，面對來勢洶洶的黑衣人大有以一敵百的氣勢……

剛剛黑衣人有這麼多嗎？

彥霓奮力地排除想要傷害我們的黑衣人，她也不愧是武林高手，僅僅一人竟能在狹窄的走道守住防線，不讓黑衣人越過她攻擊我們。美麗的身影敏捷地移動著，手中的球棍俐落地將靠近她的黑衣人一一打趴……

正當眾人心中出現一絲希望時，我瞧見有個黑衣人當中舉起了槍，瞄準的對象正是彥霓。

彥霓沒有發現。

這是假的，這是內境俘虜我後對我施加的幻象。黑衣人、我身邊的同事、阿長甚至彥霓都是假的。

不能動搖、不能動搖……

但如果是真的呢？如果這場鬧劇是真實發生，黑衣人扣下扳機的那刻，彥霓就……

黑衣人瞄準的是我學妹的腦袋，他手指的動作在我眼中清晰可見，緩緩地扣下扳機——

彥霓……彥霓一直以來那麼信任我，不行……

我不能讓她死，我不能袖手旁觀——

「陸——」

正當我要喊出平等王的真名時，我的後腦杓遭受一記重擊。

幹，哪個從背後偷襲的小人……我抱著頭痛欲裂的腦袋，緊閉著眼睛等最初的暈眩緩解，而我再度睜眼的時候，眼前已經不是我熟悉的古綜合，也不是純白色的房間……

我眼前的人也完全不在預料之中。

直到我離家之前他都一直睡在我的隔壁房間，此時這張臉卻如此的陌生……

「姊姊，妳清醒一點，剛剛那些都是幻覺！」

我的親弟弟正著急地拍打我的肩膀……

……他身上穿的是深藍色長版外套。

「佳……佳歡？」

純白色的房間、被黑衣人襲擊的古綜合都比不上眼前身穿內境制服的佳歡魔幻。

「太好了，至少我不用扛妳出去了。姊姊妳走得動嗎？」

不是，為什麼……我再度環視四周確認環境。這裡也是一個牢房，只是相對昏暗很多，擺飾一樣簡潔，不過我手上沒有任何的束縛……還是說佳歡已經解開了？

「你……你是真的嗎？」

「我是真的。姊姊快站起來，外頭有接應的冥官，妳需要出去與他們會合。」

「不可能，我弟弟怎麼可能是內境人士……」

「姊姊，我十四歲那年就進內境了……不然妳想問什麼就問吧，我都能回答。」

我思索了一會兒，挑了一個佳歡真的被內境抓到並且翻過一輪記憶，也不會特別背起來的資訊：「你小學的學號是幾號？」

「……08088，為什麼妳是挑這種問題來問……」佳歡對我的問題有點無言：「我還以為妳會問我房間的海報是怎麼來的，我十歲的時候妳送我什麼生日禮物之類的……」

「一時之間也想不到啊！而且我也想不起之前送了你什麼生日禮物，都幾年前的事情了！」

「是、是，現在確認我身分之後可以趕快走了嗎？」佳歡催促道：「外頭的冥官還在等我放妳出去，我實在不能被別人看到……」

我看著佳歡的制服，瞬間聯想到一件事……

「蒼藍安插在內境的臥底是你。」

「姊姊，這種細節我們等出去再說好嗎？」

「為什麼？」為什麼你會進入內境……是怎樣進入內境的？所以我弟弟一直都相信我有陰陽眼，是因為他自己也看得到嗎？他憑空變出一件深藍色長版外套為我套上……他連魔法也會嗎？什麼時候的事情？莫非他早就知道我跟冥府的關係了……

「我答應妳平安之後，我再慢慢跟妳解釋，」佳歡把外套的帽子套在我頭上，帽緣壓得低低地盡量遮住我的臉，「我們已經拖夠久了。再不出去妳我都會有危險。」

到此我和佳歡不再廢話，雙雙走出牢房。他帶我穿過走廊，沿途遇到認識的人還能輕巧地打招呼，看起來真的在內境混了好一陣子。

「佳歡，你身後的是誰啊？」

「這個喔？我們單位新進的學妹啦，帶她到處走走看看中。」

「欸？特警隊有在招新人喔？之前沒看到有公告的說。」

「妳又不會來特警隊，當然不會注意公告啦！那我先走啦，差不多要帶她回去了。」佳歡迅速與對方告別後，便繼續帶我往前。

特警隊？是……特殊警察之類的意思吧？怎麼聽起來很厲害的感覺？我盲目地跟著佳歡，完全不知道他要帶我去哪裡。端看窗戶外頭的景色，明明沒有上下樓梯，窗外一下子在

樹梢上、一下子能看到遠處的山、下一個窗戶又像是在地面層，這也難怪需要佳歡領著我出去了。

轉到下一個走廊時，我明顯發現這個走廊多了裝飾物，牆壁也比剛走過的走廊來得新。

「我只能送妳到這裡。接下來妳得自己走。」佳歡壓低聲音說：「這個長廊走出去便會到一樓大廳。妳用走的不要跑，跑會讓人起疑。妳就直接走出大門，會有冥官在外面等妳。我會在附近盯著，直到妳回到冥官手中。」

佳歡認真地叮嚀道，如果別的場合說不定我會翻白眼然後在那邊跟他拌嘴「這什麼生離死別的語氣，很噁心」之類的話。他推了我一把，我也只能照著他的指示跨出一步又一步。

明明大廳近在咫尺，門口就在眼前，但這五十米我卻覺得異常的漫長。

整個大廳很安靜，途中也未遇到任何人。我手摸上大門的把手、推開，外頭的景象卻跟死寂的大廳相差甚遠。

外頭是戰場。

深藍色長版外套與墨色古裝的人刀刃相見，四處可見殘留的魔法陣和法器，還有無主的縛靈繩和武器。使冥官消散的光束如同流星般不斷自天空落下，冥官一邊閃避頭頂的光束，一邊用武器抵擋內境人士的攻勢。

一名離我較近的冥官見到我，馬上高喊：「都市王，人質出來了！」

定睛一看，我才發現黔川哥穿著跟行刑人十分相似的服飾在場上舞著長棍。他見到我時臉上一陣狂喜，隨即摸上流蘇下令道：「人質已救出，收隊！」

為什麼是黔川哥？他是殿主，不是應該好好躲在銅牆鐵壁之後嗎？他還肩負著冥府邊界的守護啊！

我從遠處就瞧見昱軒的身影。他收到收隊的命令之後立刻打退身邊的敵人，來到我身邊。

「妳沒事吧？」

「沒事……你真的是昱軒嗎？」

「妳的衣櫥裡有一套黃色的星之海魔法少女 cosplay 服，之前蒼藍硬塞給妳的。」

「那套如果不是看起來很貴我超想丟進垃圾桶的好嗎！」我忍不住回嘴道。想來蒼藍突然送我聖誕禮物，我還想說這麼大一個盒子究竟裝的是什麼……打開的瞬間我的眼睛被滿滿的水鑽和蕾絲衝擊到想把眼睛挖出來。

幹嘛送我這種東西啦！自己衝動購物沒地方放可以不要塞到我這邊嗎！

雖然心中有滿滿的內心戲，但我可沒有忘記自己現在還在戰場正中央。冥官們邊打邊後退，昱軒和黔川哥的對話當中足以得知我們要離開內境分部的建築一百米，才能脫離禁止傳送的禁制範圍，而曉蕾妹妹早已經在外頭設置好傳送點——

我們走得稍遠時我才發現所謂的「內境分部」的外觀竟是某個坐落於郊區的博物館，除

了博物館主建築之外，周圍全是空曠的花園和樹林。

「這不是……」

「內境分部很愛用很少人承租的辦公大樓和很少人會去的博物館當作幌子，比較不會引起注意——」昱軒才剛解釋完，他突然抬頭，似乎發現天空有異狀，馬上對著後方的部隊喊道：「小心天上！」

昱軒將我一把抱起從原地跳開，才剛跳開一道落雷便從空中筆直劈向我們方才所站之處。一些來不及跳開的冥官被捲進落雷的爆炸中，當下化作綠光散去。

頂頭的烏雲依舊翻騰著，似乎醞釀著下一道落雷。

「都市王，叫曉蕾前輩進來！下一波我們可扛不住！」昱軒對著黔川哥吼道，怎料黔川哥果斷拒絕：「不行，曉蕾是我們唯一的撤退方式！她進來的話我們就算逃出去也無法啟動傳送陣。」

這時候我發現對話中少了一個很重要的人物。

「蒼藍呢？為什麼蒼藍沒有出現——」

「他有他的顧慮。如果被目擊有純潔之火的使用者幫助我們，整個黎家都會被內境追殺至死的。」

我想起那個時候，向亞繪對我敘述她姊姊被內境殺害的模樣。

「昱軒，放我下來！我去跟內境談判——」

「妳要拿什麼談判，妳自己嗎？」昱軒馬上對我咆哮道：「妳以為我們為什麼出動這麼多人來救妳，不就是因為妳能洩漏給內境的資訊太多了嗎？我們就算全數命喪這裡，只要妳能夠逃出，整個冥府都能夠獲救——」

「可是——」

「沒有可是！算我求妳一次，聽我們的話好不好！」

……可是，再這樣下去，大家都會消散的……

「昱軒，放佳芬下來。你去前面撐著。」黔川哥的聲音此時異常的平靜，在死傷遍野的戰場上異常突兀，但這份平靜只讓我的不安加劇。

昱軒把我放下之後立刻回到前線，在昱軒的加入之後魔法師漸漸敗下陣來，我甚至看見昱軒透過長劍甩出劍氣，劍氣所到之處就算沒有致命傷，也把魔法師打退了不少。

但源源不絕的魔法師總是能遞補前方的空缺。剛才落雷造成的空檔也被內境人士利用，魔法師趁虛而入形成一個完整的包圍圈。

我們現在可謂名符其實地被困住了。任昱軒怎麼努力，終究打不出一個缺口讓我們繼續往曉蕾的方向前進。

頂頭的烏雲還在翻騰著，蓄勢待發。

黔川哥完全不去管頭頂上的烏雲，雙眼注視著我，用著很久以前我哭著找他訴苦時安慰我的語氣道：「佳芬，冥官的消散不是妳的錯，妳不要所有事情都攬在自己身上。」

「黔川哥，你不要這樣……」

「妳就是太容易為了別人的事煩惱，所以才那麼讓人操心。」

「……不要再說了……」

「昱軒嘴巴很壞，說什麼我們是為了冥府的情報不能外洩所以才拉了一大隊人來救妳，對我來說那只是一部分的原因……」

「我不想聽……」

「──還有很大一部分的原因是因為妳是我們的妹妹喔！只要妳遇到危險，我一定會來救妳的，這對所有殿主都一樣。」

「……你這樣好像在跟我道別……」此時我已聲淚俱下，但映入眼簾的是黔川哥如晨間日光一般溫和的笑容。

突然雷聲大作，天上又降下一道落雷。黔川哥連忙抱起我就跑，但落雷的那個方位……

……是昱軒。

「昱軒──！」昱軒才剛打退一個魔法師，已經來不及避開，而我也只能眼睜睜地看著落雷擊向昱軒──

倏地，一道白色的結界罩住全數冥官，落雷打在結界上，散去。

從冥官到魔法師盯著突然冒出的白色結界無不驚訝，先反應過來的黔川哥摸上流蘇，低吼道：「喂，你瘋了嗎！你插手了你的家族怎麼辦！」

「我家族的事情我自己想辦法。現在你們兩個不要再上演八點檔戲碼，噁心死了。我幫你們開路，你們快撤。」蒼藍的聲音也不知道透過什麼法術調整，竟然能夠從流蘇擴音。他剛說完，我們周遭便自地上昇起黑色的氣流，宛若拒馬般將我們與內境人士推開，再配上白色火焰組成的結界徹底把內境人士隔絕在外。內境人士就算發射了幾發咒語，發現白色火焰結界就像銅牆鐵壁一般沒崩壞的跡象，也只能對著結界裡頭的我們乾瞪眼。

我回去一定要請蒼藍吃大餐。

就算有了蒼藍的保護，冥官們也不敢大意，疾速朝與曉蕾約定的地方撤退。路上少了內境人士的阻攔和攻擊，眾人的速度提升不少，我得小跑步才能夠跟上冥官們的速度。

在白色結界的尾端，水藍色的結界無縫接軌，地上的魔法陣開始發出光芒。一直隱身的秦朝蘿莉也自黑暗中現身，等待著我們踏上魔法——

一個物體突然從地上竄出，我還來不及看清那是什麼，黔川哥便一把將我推開。

那是一把長槍，帶著黃色光芒的長槍。

一把長槍自地面竄出，槍尖直入黔川哥的背後，再從前胸穿出。他胸處的傷口本應流血

的地方只流出綠色的點點螢光，然後擴散開來……

黔川哥最後見到我安然無恙，露出放心的笑容。

不……

「黔川哥！」

「都市王！」

就如同前幾次見到的，冥官消散的過程很迅速，什麼都不會留下……

不，黔川哥是殿主，所以他會留下……

一塊令牌自綠色光點中掉落，而底下方才藏身在地底下的內境人士眼看伸手就要碰到令牌……

不行，不能讓令牌落入內境的手中！

我的身體先動了，我只聽見昱軒的聲音在我身後炸開：「不能碰——」

我比內境人士先碰到了令牌，然後握住……

但我終究不是冥官。

就在我握住令牌的當下，大量的黑色氣流自令牌冒出，纏上我的手腕，接著一路蔓延到我的手臂、肩膀……

好痛……明明看起來像氣流，為什麼它爬過的地方會像被火燒過一般……

好熱……

「佳芬妳快鬆手！」

我也很想啊……可是令牌不願意放過我啊！尤其現在黑色氣流不僅僅是「爬過」我的皮膚，而是「鑽進」我的皮膚，直搗骨頭……

幹他媽的超痛……

昱軒的聲音焦急地說：「喂，我無法拿走令牌——你想幹嘛？！」

「我想救佳芬姊！」這一定是蒼藍的聲音，全世界只有蒼藍會喊我「佳芬姊」。

「這樣你會成為殿主的！」

「你以為我們有選擇嗎！」

原本鬧哄哄的周遭瞬間變得死寂，我睜開方才緊閉的雙眼，卻發現這個動作毫無意義。

周圍一片漆黑，有無睜眼都一樣。

好安靜……什麼都沒有……

我這是……死了嗎？

我小心翼翼地跨出一步，確認腳下至少是穩固的地板後心底才比較踏實，不然周圍黑到我連有沒有地板都不知道。

如果我死了，應該會先見到黑白無常吧？然後是殿主哥哥們的審判，如果罪行太嚴重被

發落去十八層地獄，然後又能見到行刑人們……

我在黑暗中毫無目標地漫步，也不知道過了多久，一盞白色的燈光出現在我眼前。在全然黑暗的情況下，白色的光芒顯得特別耀眼。

我走上前，發現那不是一盞燈，而是一抹由白色火焰組成的人影，我也不是第一次見到他了。上回見到他便是內境攻擊冥府的武鬥大會，導致我的縛靈繩斷裂的那次。

是當時找到我的閃光燈同學……

不對……

「佳芬姊。」

……全世界只有一個人會喊我「佳芬姊」。如果忽略外形的話……

瘦高的閃光燈同學在我面前逐漸變寬，褪去白色的火焰，揭露火焰底下熟悉的外表。

「蒼藍。」

一直都是他，只是我被眼睛所見迷惑了，畢竟蒼藍的身形和閃光燈同學的身形差異太大……

「這裡是哪裡？」

「一個假象空間……真要我說的話是令牌裡吧？」蒼藍回答道。

「令牌？」令牌裡的空間是不是代表我被令牌吸收了……之類的？

魔法和法術我不懂，更沒辦法理解為什麼此刻蒼藍站在我的面前。但至少在這陌生的地方，還有個熟人作伴，這還真令人安心不少。

我望著蒼藍，聲音有點顫抖：「我是不是……死了？」

「沒有，」蒼藍指著我的手，「只要妳把令牌交給我，妳就能活下來。」

我順著蒼藍指著的方向望去，才發現我手中真的有一塊令牌。木製的牌子，上面幾無花紋，僅有一面寫著「冥」一個大字，以世界規則創造的冥府邊界而言，這造型實在樸素到不行。

我緩緩將令牌遞出去，卻突然懷疑起眼前是否真實。

「你……我第一次跟你當面見面是在哪裡？」

蒼藍輕笑了一聲，馬上回答：「除卻我在加護病房看到靈體狀態的妳的那次嗎？第一次跟妳當面見面是在妳大學對面的麥當勞，地點是我選的，領妳來找我的是閻羅和昱軒。那時候妳還請我吃聖代。」

真的是蒼藍，但這樣子我的罪惡感更重了。

我有點不敢看他，「你會後悔認識我嗎？」

如果我交出令牌，蒼藍就會成為殿主吧？我是不是害蒼藍接下他不願意承受的職責？

「我他媽的超後悔認識妳的好嗎？」在這寂靜的空間，蒼藍的數落聲就像在銅鐘裡的轟

嗚聲：「哪有一個女生才二十幾歲就嘮叨得跟老阿姨一樣的啦！煩死了！動手打人的力道還從來沒有收斂過。這麼凶，難怪妳到現在還是母胎單身。」

我承認我當下其實有想拿冥府邊界令牌從他頭頂拍下去的衝動。

「但是佳芬姊，我這陣子很開心喔！比前幾世都還開心，都還放不下。」蒼藍說話的時候順勢伸出手，讓我把令牌放在他的手上。

我原本以為令牌換手之後會出現華麗的特效或者突然衝天的查克拉（我承認我動漫看很多），沒想到周遭一樣寧靜。

我看著蒼藍仔細地查看冥府邊界令牌，也不知道究竟是在看什麼，然後他很隨意地把令牌塞進牛仔褲口袋裡……

……明明那個令牌塞不進口袋。

「這樣子你就是殿主了嗎？」

「顯然是。」蒼藍的表情異常地平靜，對接下「冥府殿主」的擔子完全不以為意。我原本以為他會很難過，畢竟因為我的緣故他被迫接下不想要的責任。

而且繼任冥府殿主是否代表蒼藍就成為冥官，無法進入輪迴了？

我實在欠他太多，太多了。

「怎麼妳比我先哭啊？我接下殿主都沒掉眼淚了，妳哭什麼？」

我抹掉臉上的淚水，抽泣著，「我只是對不起你……因為我的關係害你成為殿主，可能還讓你沒辦法輪迴……還有黔川哥、以及其他消散的冥官……」

在這個只有我和他的空間，至少允許我為那些消散的靈魂哭泣吧？

「都市王那邊不用太自責，是他自告奮勇來到前線的。就算宋昱軒很強，但一個行刑人能夠造成的威脅感終究太低，無法達到足夠的視線轉移，讓妳能夠逃出，但是一位殿主親臨現場絕對可以。這本來就是為了讓妳能夠順利逃出……而且我可能也需要負起一些責任。」蒼藍幽幽地說：「如果我直接衝進去救妳，而不是顧及我的家族在外頭等著，說不定都市王就不會消散了……」

就好像冥府和蒼藍時常強調的，蒼藍不是冥府方的人，頂多算是有共同敵人的盟友。所以蒼藍有自己的立場需要堅守、有自己想要守護的對象很正常。

——他最後還是出手就是了，為了我。

感傷與自責的情緒飄盪在空氣中，一時沒人開口說話。正當我想說些什麼安慰他的話時，蒼藍突然一反方才低落的情緒，不以為意地說：「至於我的部分，妳真的不用對不起啦！我很早就沒辦法進入輪迴了。百年前黎家家主幹的好事，而且我就不相信繼任殿主我就能成為正規的冥官。」

什、什麼？沒頭沒尾的我聽不懂……我抬頭還想詢問的時候，我先留意到蒼藍的眼睛顏

色不是平時的黑色……

不對，蒼藍平時是有戴角膜變色片的。但是……那雙如鮮血——不，如怨魂紅光一般的赤色眼瞳又是怎麼回事？

「開心聊天的時間快結束了，等等就要出去幹大事啦！」不等我問起，蒼藍越過我，慵懶地伸展著筋骨。在我身後他突然喊我：「對了，佳芬姊，殿主們都有告訴妳他們的真名吧？」

我望著身後的他，點頭。

「那我也來告訴妳吧！」他兩指併攏，在空中用白色火焰勾勒出兩個字。

黎蔚。

喂、蔚、魏大人、蔚大人……冥官們喊他的方式原來一直都是在喊真名嗎？

「我叫黎蔚。佳芬姊我們外面見囉！」

白光以蒼藍為中心炸開，耀眼得令我完全無法直視前方。

再度睜眼時，我首先看到焦急的昱軒。

「佳芬，妳聽得到嗎？」

「昱軒……蒼藍他……」

「我在這裡。」蒼藍其實就在我的手邊。他緊握著我的手……應該說是緊握我原本握住令牌的那隻手，只是現在令牌已經消失了，看起來像蒼藍握住我的手多一點。他額頭上豆大的汗珠完全凸顯從我手上接過令牌一事並不像在令牌空間裡那般從容。

「攔截成功。」蒼藍鬆開我的手，雙手並用撐地站起，「接下來……」

「蔚，你想幹嘛？你現在是殿主，所作所為都會代表冥府──」

「是喔？我不知道耶，剛那塊木牌子是什麼東西啊？」蒼藍裝作沒聽到，然後一個揮手，原本通向曉蕾魔法陣的白色結界迴廊瞬間縮小，把所有冥官困在裡頭。而站在結界外頭的蒼藍憑空抽出一張符咒……

「麥克風測試、麥克風測試……內境的魔法師大家下午好啊！這麼晚還得加班，不知道你們的加班費值不值得用肝指數換呢？」他的聲音透過符咒擴音出去，由於蒼藍的氣勢跟一般的魔法師明顯不在同一個級別，作為對手的百名魔法師竟沒人敢輕舉妄動。

其中有一名較年長的走出人群，向蒼藍試探性地說：「你是黎家的子孫吧？真不愧是黎家的後代，法術就和流傳下來的故事一樣精湛。我們很感謝你擄獲那麼多的冥官，接下來就請交給我們──」

「交給你們？呵，你們在說什麼笑話！方才殺害冥官的是你們耶，我怎麼可能還把冥官交給你們呢？你們是不是大頭症末期啊？而且……」

蒼藍一轉方才不正經的態度，厲聲道：「而且，你們屠殺我的眷族、殺害我的朋友、綁架對我很重要的人，這些帳我都還沒跟你們算。」

「蔚！」昱軒和曉蕾同時喊道，想要阻止蒼藍，但都被阻擋在結界裡。

瞬時風雲變色、大地顫動，蒼藍背對著我們緩緩抬起手，白色的火焰和墨色的氣流在他腳邊交織著、盤旋著。此時蒼藍就算穿著星之海魔法少女T恤配牛仔褲和夾腳拖也絲毫不減他壓倒性的能力和氣場。

「曾經有人跟我說過：『敢逼我？老娘就跟你拚了！』」

我能感受到有好幾雙眼睛偷瞄我一下……可能還不只一下，我一時都想挖洞把自己埋了。

我後悔那次破壞自己的規定同意諮商蒼藍了。

「防守！」長者下令道，但完全無法阻止蒼藍。只見蒼藍大手用力揮下，數百道閃電劈向地面，裂開的地面更冒出黑色的火焰。最可怕的是，所有龜裂的地面、黑火和閃電徹底避開在場的內境人士，完美展現施術者對於法術的精準和威力的掌控。

最初的沙塵散去，蒼藍對嚇得魂不守舍，完全失去戰意的內境人士放話：「敢傷害我身邊的人，老子就跟你們拚了！」

我的小助理望著蒼藍炸出的傑作愣了一陣，回神的第一句話竟然是：「妳以後諮商他真的要溫和一點。」

「我知道……」我以後諮商蒼藍真的會小心一點的。

所以我才說無牌無照的諮商很可怕。

【第二十五章】

交易／交心

新上任的殿主還有許多事情要忙，包括去跟未來同事和下屬打招呼的部分，所以他只確認我踏入魔法陣後便離開了，昱軒則是陪著我回家。

再度踏進熟悉的家門，看見門裡平和的景象，突然覺得很不真實，有恍若隔世的感覺。

「簡小姐——」聽見開門聲的築今從廚房衝出來，開心到連稱呼都喊錯，只差沒有直接抱上來了：「妳平安回來真的太好了……」

平安回來……我能平安回來還不是用黔川哥和好些不認識的冥官換來的……

但正因為他們的犧牲，成功守住了我，成功守住冥府和殿主們的情報。

見我突然沉默下來，築今看了昱軒一眼。

昱軒盡量輕描淡寫地說：「都市王消散了。」

「怎麼會……」築今很快就接受了都市王的死訊，緊接著問道：「那麼前輩繼任殿主了嗎？」

這是什麼意思……「你會跟黔川哥一起來救我，是因為隨時準備繼任嗎？」

「不算是……我一點也不想繼任殿主。」綜合昱軒生前的經歷，他對君王之位毫不覬覦，甚至微帶排斥我完全不會意外，「更像是我們帶出去的冥官當中，最適合繼任的是我。」

晉朝之後最強的行刑人，誰還能比宋昱軒更適合守護冥府邊界呢？

「既然不是昱軒前輩的話，那麼繼任的是誰？」

我跟昱軒對望了一眼，最後是由我公開會讓一眾冥官腦中風的消息：「是蒼藍。」

「蒼藍……妳是說蔚大人嗎？」築今一臉不可置信，告知都市王消散的訊息時他的反應都沒那麼大，「簡──佳芬妳是在跟我們說笑吧？蔚大人繼任殿主？」

眼見築今的反應，我都能想像在冥府的哥哥們見到蒼藍時崩潰的模樣了，尤其是第八殿的須判官……雖說我到現在還不大清楚蒼藍被冥官討厭的原委，但我很確定須判官得知自己的新主子是蒼藍時一定會想弒主，說不定還會獲得第八殿冥官全體上下一致的支持。

「嘟嘟嘟……」一個陌生的聲音突然自玄關處傳來。我循著聲音找去，才發現是社區的內線電話在響。

八成是打錯吧……我在兩位助理的注視下接起了內線──

「姊姊，我是佳歡。妳可以帶我上去嗎？我找不到妳家……」

對，還有佳歡的事情……我看向昱軒，問道：「佳歡說想來我家，可以嗎？」

「當然可以啊，」昱軒馬上回答道：「而且他一直都相信妳不是嗎？」

嗯？昱軒這個反應，而且沒有馬上拉上築今迴避……

我把佳歡帶到我家門的過程中才真正感受到我家禁制的強度。佳歡踏進電梯時就瘋狂地表示：「我要回家，瓦斯忘記關」，踏出電梯時又像個傻子一樣不斷走回電梯，我把人請進屋子之前，他還一直胡言亂語說看到鬼要逃離這裡。

看來蒼藍和冥府的禁制並沒有因為佳歡是我弟而放鬆一些。

踏進門後的佳歡直接蹲在地上乾嘔了，「為什麼我從一樓走來妳家會有種坐雲霄飛車十趟的感覺……」

「對不起啦，我也不知道我家對你會有這種效果。」我也不能幫助你什麼就是了，最多就是請殿主哥哥們和蒼藍把禁制放寬一點。他們都能允許亞繪出入我家門了，沒道理我親弟弟不能放行。

另一邊，昱軒和築今還在正常的聊天，完全把我弟弟當作空氣……應該說他們並不認為佳歡看得見他們。

「我好一點了……後面那兩位就是妳的助理嗎？」

佳歡的話使兩位冥官一驚，昱軒警戒地盯著我弟，把我往後一拉，護在身後。

「妳弟弟不是普通人嗎？」昱軒問。

「我是人類，但離普通人有點距離。」佳歡憑空抽出內境的深藍色長版外套時，昱軒瞬間進入備戰狀態，手都按在劍柄上了。我弟弟對敵意滿點的冥官絲毫不在意，依然不慌不忙地接著自我介紹道：「我叫簡佳歡，是蒼藍那邊的人——他成為殿主之後我們好像就是同一邊的人了。」

昱軒對我使了個眼色，眼中赤裸裸寫著：「妳對冥府隱瞞了這麼大一件事嗎？」

我一個聳肩回應道：「別問我，我直到剛才佳歡把我從內境分部的牢房放出來時，才知道自己的弟弟竟然加入內境很久了。」

十四歲到現在！都八年了！

昱軒馬上聯想到這之間的關聯，「……你就是蒼藍安插在內境的臥底。」

「確切來說，他需要一個人在內境裡幫忙照看他最後的眷族。我也只是進去多多關心他們而已。」證明完自己與內境的關係後，佳歡便把內境的制服收起，我也把昱軒和築今支開，雖然昱軒覺得我與一個「陌生內境人士」單獨共處一個空間很危險，但在我和佳歡再三勸說之下，昱軒終於甘願留給我和佳歡難得的姊弟時光。

我們兩姊弟勸離他的時候，築今已經在餐桌上準備好了茶水和點心只等我們落座。

沒了兩位冥官，屋子裡很安靜，兩個人都在等對方先開口。佳歡沒了方才的泰然自若，我也沒了剛剛的從容，兩姊弟的相處在這一刻竟十分地尷尬。

最後先開口的是佳歡：「姊姊，我對不起妳，瞞了妳那麼久……」

「怎麼是你對不起我呢？」我不安地握著盛滿熱可可的馬克杯，「該對不起你的是我吧？十四歲……所以你是為了救我才跟蒼藍交換條件，進入內境的嗎？」

佳歡今年二十二歲，十四歲也就是八年前。八年前、蒼藍，這兩個要素合併在一起我只想得到一種可能……

當年，有人付了代價請蒼藍救我，我一直以為那個人指的是冥府。

結果到頭來，是我自己的親弟弟為了救我，付出了他的一生進入內境。

我痛恨人類，排斥人類這麼久，結果當時救我的是身為人類的佳歡。

「當時……我看姊姊妳躺在加護病房心裡很不好受。如果那個晚上我有阻止妳去儷江小學，是不是就不會受傷了……所以，我去了妳最常去的城隍廟，真心祈求姊姊口中的『冥官』能夠救妳——」

佳歡肩膀不安地縮起，這件事他大概不曾與他人說起：「當時來見我的是五官王，他說他們認識一個人可以救妳，也去求過了，但『他』不願意出手幫忙。妳也知道，蒼藍其實不喜歡出手干涉世事……」

蒼藍八年前根本不認識我，他完全沒有理由救我這個陌生人。

「但五官王把蒼藍的電話給我，說是由我真心誠意地去求他，說不定就有機會，讓妳可以恢復健康——他提出的條件只有一個：用我的一生換妳的健康平安。」

於是佳歡同意了魔鬼的交易。

「你都不怕他直接取你的性命之類的嗎？」

「要取就給他取啊，我並不是很害怕……只是把原本妳救我的命還給妳而已。」

我救了佳歡？什麼時候的事？佳歡自己解答了我的疑惑：「六歲那年，我被困在義山那一次。」

「……為什麼你會記得？」五官哥哥當時有確實把佳歡的記憶消除——

「我也不知道，我只記得我偶爾就會夢見我被墓碑圍繞著，怎麼走也走不出去的夢，而這個夢的最後都會有妳牽著我的手回家，然後夢醒。」

「那只是夢。」我不敢相信佳歡竟然只因為一個夢就把自己的一生交換出去。

「夢歸夢，但妳是我姊姊是真的。而妳剛剛也親口承認了這件事真實發生過。」

我愣了一下，這才意識我被套話了。

「你設計我！」

「還好吧，是姊姊妳自己太笨吧！妳戒心這麼低到底是怎麼撐過拷問魔法的啊？」

「笨的是你吧！你為了我這個姊姊賠上自己的一生耶！」

「我覺得這樣很值得啊！妳現在不就活跳跳地在我面前嗎？不然我問妳，如果當年躺在加護病房的是我，妳會不惜一切代價救我嗎？」

嗯……如果是當年的狀況，我應該還是會先質疑民俗療法是否有效，要先有一定的證據才能用在病人身上——

見我沒有馬上回答，我弟摀住胸口倒在桌上，「嗚嗚……姊姊這樣讓我好難過喔……」

「我沒有不會救你好嗎！我只是會先考慮這麼可疑的交易有沒有暗藏什麼陷阱！」

「十四歲最好會想那麼多啦！」佳歡馬上回嘴道：「我的意思是，我覺得值得的東西就是值得！要我用我的性命換一千個陌生人的性命我才不幹，叫我用我的一切換我姊的健康我什麼都願意做！而且魔法還挺好玩的，我反而覺得是我賺到。」

「不是說你因為被重點看管，沒辦法跟蒼藍聯絡才把資料夾留在尹重深的櫃子裡嗎？這樣還好玩喔？」我汗顏地說。

他乾笑道：「沒辦法，被他們發現我是妳弟弟，就被重點看管了嘛……至少他有確實示警了。」

「那現在呢？我可不記得蒼藍剛才有修正內境人士的記憶，你回去內境就會被追殺吧？」

冥府殿主願意親臨前線救我耶！用膝蓋想都知道我對冥府的重要性非比尋常，身為我弟弟的佳歡處境只會更艱難。

「嗯……我是不擔心啦……現在有個冥府殿主罩著，而且已經有內境有意談和的消息流出了，我相信日子會越來越好的。」佳歡樂觀地說，話鋒一轉馬上換了一個話題：「倒是姊姊，妳要不要跟我一起回家啊？回去的時候妳帶一個冥官，我秀一手魔法嚇嚇媽媽如何？」

我是不覺得我媽對「新奇事物」的接受程度有因為年紀增長就有所提高啦……

不過這次我不是孤單一人，我還有佳歡。

「我考慮看看。」

「真是驚人啊！佳歡竟然能夠躲過冥府的眼線這麼多年。」佳歡離開之後，被我找回來的昱軒不住讚嘆道：「我自認我把你們身邊的人都過濾得很仔細了，竟然就漏掉了這麼大一個人……」

「燭光下的陰影吧？你不也是在我身邊藏了很久嗎？『晉朝之後最強的行刑人』這種稱號有很丟臉嗎？」我還沒找到機會好好調侃他的身分呢！

「妳不覺得這種稱號很中二嗎？」

我有點汗顏地道：「你從哪裡學來『中二』這個詞的？」

宋昱軒你現在還穿著古裝啊！可以不要穿著古裝如此自然地用著現代網路用語嗎？在知曉他的生前身分後，這個違和感又更強烈了。

「我都跟妳混多久了？知道這類新興詞彙很正常吧？」

千古詞帝也是能被現代文化影響的啊……但那畢竟是千年以前的事了，現在我身邊的他是「宋昱軒」。

他不願觸及的生前我不會去碰，更不會拿來笑話他……但我覺得有一天他脫口說英文的時候，我應該也會很不習慣。

應該說不管哪個冥官對我說英文，我都會很不習慣吧……

昱軒看我有些掙扎的表情，忍不住笑了出來，「別再想一些有的沒的了，趕快休息吧！我今天會先守在妳身邊，雖然妳接觸冥府邊界令牌的時間很短暫，但還是要觀察一下有沒有留下甚麼後遺症。」

「不用你說，我也很怕會有後遺症……至少我現在覺得很正常沒有任何的不舒服。」說完後我思索了一下，才抬起頭問昱軒道：「既然現下我看起來也不能出門，那我可以邀請一個人過來嗎？」

也不愧是我多年的助理，昱軒連誰都沒過問，只簡單地做了個「請」的手勢，表情看起來甚是欣慰。

我撥通電話，還沒等我講話，電話另一端就傳來對方焦急的聲音。

「學姊！妳還好嗎！能打電話就代表沒事了吧？剛剛有個人跟我說請靜待消息、不要報警——」

另一邊廂，昱軒已經用流蘇通知築今回來多準備一套茶點。

「彥霓，我沒事。」我深吸一口氣，才對一直很關心我、愛戴我的直屬學妹說：「我們見個面如何？我告訴妳我家的地址，妳來我家坐坐吧！我覺得我欠妳一個解釋——還有一個道歉……」

蒼藍再度跟我聯絡的時候，已經是我脫離內境魔掌，他成為殿主後的一個禮拜。期間雖然我有傳些訊息噓寒問暖，但他都沒有回覆。似乎是看準我的班表，他挑了我難得沒上班的的那天找我出去玩。

他的原話是：「佳芬姊，我這次又救了妳的命，記得請吃飯喔！」

就算你不說我也會請！雖然我不認為救命之恩可以用一頓飯報答，但總好過沒有。

於是乎，我找了一間價位高到自己都捨不得吃的日式燒肉店，菜單遞給他隨他點。這種時候他的字典裡不會有客氣兩個字，桌子全被各種高價位的食材擺滿，什麼和牛、伊比利豬、龍蝦……都出現了。當服務生端上一整隻帝王蟹時，我已經放棄掙扎了，專心分食比較重要。

雖說我已經有覺悟要讓蒼藍吃到飽吃到撐吃到滿意，但當最後帳單出現五位數這種浮誇金額時，我的心還是好痛……錢包也是。

原本我以為蒼藍只是要找我吃飯，怎料結束後，他主動問我要不要去逛街散步，順便消化一下午餐。對於剛吃了一萬多塊的人來說，我覺得散步消化是個很棒的主意便答應下來——

……但他帶我去了園遊會，有雲霄飛車、大怒神的那種大型園遊會。

「你是要我把剛剛吃的東西都吐出來嗎？」

這也太鬼畜了吧！想要我也要有個限度啊！

「不是還有旋轉木馬嗎？而且摩天輪又不會吐。」蒼藍把我帶向摩天輪的售票處。見狀

我忍不住吐槽道：「你自己都會飛了坐什麼摩天輪啦！」蒼藍都可以眼睛不眨直接從我家二十四樓的陽台一躍而下了，摩天輪對他到底有什麼好玩的？

「我想坐不行喔？又不會要妳命——」

「不是啦，你把整個行程搞得像約會一樣，這樣很奇怪欸！需要我提醒你嗎？我跟你『現在』的年紀差了八歲，要姊弟戀的話太過分了喔！」

「佳芬姊妳就陪我坐一下嘛！我救了妳的命耶！」

結果我還是無法抵擋蒼藍的軟磨硬泡，還真的跟他搭上了摩天輪。

摩天輪似乎只是一個序幕，因為搭完摩天輪之後，蒼藍又吵著要我陪他一起玩碰碰車和旋轉木馬，大概比較溫和的遊樂設施我們都玩了一遍——

不過當我們兩個看著鬼屋的時候，一致都同意不要進去浪費錢。

不僅如此，我們還挑戰了各種夜市遊戲攤位，逛完園遊會又跑去了附近的市集晃了一圈。

「佳芬姊妳的運氣太誇張了吧，一番賞一抽入魂直接A賞，盲盒也是直接隱藏款……妳的特殊能力不是陰陽眼而是幸運吧？」蒼藍很開心地拿出星之海魔法少女的公仔仔細端詳，「星之海魔法少女果然最棒了……妳有看到那個塗裝嗎？好精緻啊！」

「我都說過我的運氣很好了，冥府那邊絕對有幫我加陰德。」老實說我自己也被我今天的手氣嚇到，好到我都擔心等等會不會出去就被車子撞。開到隱藏款時我更怕了……

「陰德不是隨便說加就加的，所以這一切都是佳芬姊自己贏得的——佳芬姊妳要休息一下嗎？」蒼藍把公仔收回提袋中，隨便找了一個石椅坐下。走了一整天我也的確累了，尤其手上還提著今天整天的戰利品。兩隻小娃娃之外還有剛在市集買的小吃，加起來也不輕。

「你要嗎？」我把地瓜球遞給旁邊的肥宅高中生，他與我交換手上的雞排。不得不說，這個互動馬上讓我想到以前，我與佳歡也會一起去夜市買宵夜，然後坐在公園吹著晚風一邊看散步的阿伯阿姨，一邊把手裡的食物慢慢吃光。

自從十七歲發生「那件事」之後，好像就再也沒跟佳歡這樣出門了……

但同時我也知道，認識蒼藍許久，他這一兩年抽高之後也漸漸不把我當「姊姊」看待——雖然他還口口聲聲喊我「佳芬姊」就是了。

……明明以他的真實年齡不應該喊我「佳芬姊」才對。

我望著沉浸在地瓜球天堂的肥宅高中生道士，對著一包七彩小球傻笑的模樣真的很難與前幾天把內境分部炸個天崩地裂的超強道士聯繫起來。而且身為冥府殿主之一還能吃東西……

「你成為殿主之後都沒有什麼改變嗎？」我忍不住問道。蒼藍看了我一眼，又把注意力放回手上的小吃，「怎麼說呢……有改變我也不意外，沒改變我也不會覺得奇怪。但目前看起來，除了多一個殿主的頭銜之外身體倒是沒有什麼變化——妳為什麼這樣問呢？是覺得我今天吃得太多嗎？」

「不是啦！看到你吵著要我請客我反而挺開心的，我超怕從此以後你就跟冥官一樣，不能吃喝拉撒睡。」我別過頭，有點難為情地說道：「只是你今天很反常地約我出門……我還以為你是要跟我道別的。」

蒼藍露出愕然的表情，隨即嘆了一口氣：「佳芬姊，妳就是這樣一直都為朋友和個案著想，反而忽略了最重要的自己。」

「等一下，這跟我總是忽略自己有什麼關係？我現在在關心的是你——」

「今天是妳的生日。」蒼藍突然天外飛來一筆，害我還一時反應不過來。好不容易回神時，我依舊不敢相信今天是我的生日，立刻打開手機確認日期。

還真的是七月三十一日——

我沉默地看著自己的手機行事曆，不知從什麼時候開始，就只寫滿了「白班」、「小夜」、「大夜」、「報告繳交」之類的字眼，以及只用另一種顏色標記時間，但卻沒有辦法在手機上留下文字紀錄的，與冥府個案和哥哥們約好的時間。

每天被輪班追著跑，下班後還要去冥府兼差。這樣子的行事曆正是我四年來最佳的寫照。

我也二十六歲了啊——怎麼想都怎麼不可思議……我竟然能活到二十六歲。我一直以為自己有一天就會被怨魂殺死，或者捲進內境與冥府的恩怨中死得不明不白……

二十六年來我出入了兩次加護病房，都是在瀕死邊緣撿回一條命——

——也不全是我自己撐過來的。如果沒有蒼藍的話，我在十七歲那年就會永遠被困在病床上，只因為父母做著「如果我醒來就會變乖巧」的美夢。

是啊……隔壁這位救了我那麼多次，就算第一次是他與佳歡交換條件的情況下才出手相救的，但是接下來……

為什麼蒼藍每次都不厭其煩那麼努力的救我，卻從來不要求我的回報呢？我到底擁有什麼得以被拯救那麼多次的特權呢？

「妳在想什麼？」或許是安靜太久，蒼藍低聲問道。

「我在想你參加大胃王比賽一定能贏個冠軍回來。不是才吃了滿桌的燒烤嗎？為什麼還有胃口可以裝甜點——」

「佳芬姊，妳不要逼我。我多的是方法讓妳說實話。」蒼藍瞇起雙眼，語氣變得更嚴厲了一點。他又重複了一次：「妳在想什麼？」

「我……」我的話語就此打住，思緒飄到了這幾個禮拜冥官們給我的鼓勵和支持，他們給我的溫柔話語。雖說他們用不同的文字組合和方式，但其實他們都是在協助我渡過心裡最難跨越的檻——缺乏信任。

但他們只能夠「協助」，真正能夠做出改變的只有我自己。從小事開始，從親近的人開始一步一步地……

我不想要再回到那些壓抑的日子了。

我小聲地說：「我在想……為什麼每次你都會這麼努力的救我，我明明沒有任何東西可以回報你……」

蒼藍聽到我的問題，沒有鄙視也沒有覺得冒犯，反倒輕輕笑了一聲。我被他意料之外的輕鬆姿態吸引了目光，還有他那道燦爛的微笑。

「這答案很簡單啊！」他說：「因為我喜歡妳啊！」

我被他天真瀾漫的回答嚇到了，嘴巴上竟然說不出比較正經的答覆，反而一貫的嘴賤：「……你這是在跟我告白嗎？」

「反正佳芬姊妳早就知道我喜歡妳了，是有需要那麼驚訝嗎？」蒼藍再把一顆地瓜球塞進他的嘴裡，「妳是我喜歡的人，我喜歡的人遭遇危險時我拚命拯救她，這樣不是很合理嗎？」

「但我……」我吞吞吐吐地道：「我沒有辦法回報你這份心意……」

「怎麼沒有呢？」蒼藍把地瓜球遞到我手中，「這些年來，佳芬姊不是一直都在我身邊嗎？」

我啞口無言，視線不斷在地瓜球和他的臉之間徘徊。蒼藍見我沒有想接下地瓜球的意思，便把它放回塑膠袋裡，「妳十七歲那年，我的確是因為跟佳歡交換條件才救妳的。」

聽到這裡，我忍不住不安地握緊拳頭——

「但是之後……我認識了佳芬姊。那個與我日常拌嘴打鬧，對我沒有任何戒心，專門惹麻煩要我收拾的佳芬姊。」

……原來我在你眼中長這樣啊！那還真是抱歉給你惹一堆麻煩了！

「最重要的是，佳芬姊在我需要一個人傾聽時，妳一直都陪伴在我身邊。」

我一臉愕然地看著他，「我明明只諮商過你一次。」

「一定要心理諮商才是陪伴嗎？」蒼藍反問我：「不是還有『平時』嗎？聽我抱怨學校、聽我分享星之海魔法少女、聽我講一堆沒營養的瘋話，這些日子難道不是『陪伴』嗎？」

他安靜了下來，或許因為對著明知道不會有機會的對象告白有點不自在並懊悔著，也或許因為想起了他喜歡上我的過程，那些點點滴滴。某個超強道士兼冥府殿主此時看起來，就跟落入青春期迷惘的少年無異。

「對不起，突然就跟妳講這些……我也無法再修正妳的記憶了——」

「謝謝你帶我出來，我很開心。」我打斷他的道歉，因為他根本不需要為這種事情道歉啊——

需要道歉的反而是我吧？因為我無法回應他的情感，只因我還沒有辦法完全放棄我對昱軒的感情——

我心裡有喜歡的人，那個人只是一抹靈魂，但那抹靈魂一直都很溫柔、很強大。這五年

來有他的陪伴讓我很安心……只是我跟他不可能在一起，因為我們兩個把對方放在心中不對等的位子。

所以只要我還喜歡著昱軒的一天，我就沒有辦法回應蒼藍的情感。因為這樣子對蒼藍不公平——

但同時……我對蒼藍對我告白這個舉動很高興，我很喜歡這種「被人家喜歡」的感覺。

我把話題強制回歸到他告白前：「這些年下來，我可能都太忽略自己本身了吧？不管是身體狀況還是心理狀態……」

我是個狡猾的人，說是渣女都不為過——所以我給了他希望。

「——所以給我一點時間好嗎？等我整理好自己的思緒，等我的心理狀況更平穩一點，等一切都塵埃落定，穩定下來……」

我不想放棄我愛的人，也不想放棄愛我的人。

「……等我變成更好的人的時候，我再給你正式的答案好嗎？」

我真貪心啊，竟然說得出這麼自私的話……

蒼藍猛地抬起頭，不可置信地看著我，「所以我是有機會的嗎？」

「嗯……還是要等你高中畢業啦……十六、七歲真的太小了你知道嗎？」我語帶開玩笑地說，但是身邊的肥宅高中生才顧不得是要多等幾年還是我根本沒有同意跟他交往，他已經開心到從椅子跳起，在我身邊開心得手舞足蹈起來。路人見了都以為是哪來的神經病自動迴避。

待他在我身邊蹦蹦跳跳了兩圈後，他突然站定在我面前，自以為很帥氣地指著我，用著跟全世界宣告的聲量堅定大喊：「佳芬姊，我會等妳的！總有一天我一定會讓妳接受我的告白！」

「幹，你可以小聲一點嗎！整個公園都在看——」此時我真的要慶幸自己的外型和身高絕對可以蒙混成高中生……不然一個穿著星之海魔法少女周邊T恤和高中運動褲的高中生對一個今天剛滿二十六歲的社會人士告白，這能看嗎！我會被抓進警察局吧！

老娘都大學畢業四年了……

……但這個感覺、這個互動，我好喜歡。

我真的好糟糕。

我雙手掩面的動作不只是因為我想裝作不認識眼前這個肥宅高中生，更大一部分是因為我內心糟糕的念頭。

蒼藍突然一個拍手，把我從思緒中拉回現實，「好啦，那我們去下一個地點吧！」

「還有行程？你今天還玩不累啊？」我們兩個可是一路從中午玩到太陽下山耶！

「那裡要太陽下山之後才能去啦！不然冥官們會被烤焦的。」話已至此蒼藍也不多賣關

子了：「我帶妳去中立停火區，閻羅他們不是留了一個店面要給妳當諮商小屋嗎？妳總要去看一眼，順便思考要怎麼裝潢吧？」

「我……」我也是有意恢復冥官們的諮商了，但是中立停火區那邊……「那邊不是交界處嗎？我過去真的安全嗎？」

那裡會被稱為「中立停火區」就是因為位在戰場的邊緣啊！

蒼藍擺了擺手，「放心啦，內境昨天主動找上我們談和了，現在至少是休戰狀態。也真是一群白癡，非要看到我炸了一個內境分部才甘願放過冥府。」

「他們應該比較害怕如果不現在談和，說不定之後就會被打到哭爹喊娘、跪求投降吧？」談和聽起來多好聽啊！寫進歷史還能被美化成「喜好和平的鴿派」，如果是舉白旗投降就只能淪為歷史的笑柄了。

「很有可能。」贊同完我的論點後，蒼藍對我伸出手，「如何，走嗎？」

「當然。」

我自己從石椅站起，沒有握住他的手。

又不是他的女朋友，牽手幹嘛呢？

我們在冥府交際處並沒有久留。雖說現在是休戰狀態，但不代表我們可以大搖大擺地在那邊觀光，等等又被內境誤解為冥府在搞小動作就不好了。

蒼藍送我回家後，他從他的口袋裡掏出一枚信封。

「這是……？」莫非是傳說中的……情書？

「我在都市王桌上發現的，署名是要給妳。」

給我……黔川哥早已經猜測到自己會遭遇不測了，還願意親上前線救我的嗎？

或許是看我的表情蒙上一層悲傷，蒼藍主動問道：「需要我陪妳一起打開嗎？」

「沒關係，我可以的。」我送走蒼藍後，坐到平常我諮商冥官的餐桌前，深呼吸了好幾次後終於打開信封。

我隱隱猜到這封信的內容，但當裡頭露出黔川哥有些潦草的毛筆字時，我的眼眶還是濕了。

佳芬的優點：

一. 刀子嘴豆腐心，很善良。

二. 為別人著想。

三. 性格直來直往好相處。

四. 懂得感恩。

五. 創意力十足。

六．口才絕佳。
七．很勇敢，但絕對不是莽夫之勇。
八．觀察力很好。

在這串優點下面，黔川哥又加筆了一小段話。

這就是我眼中的佳芬。不只是我們的乾妹妹，更是全冥府景仰依靠的心理諮商師。
如果我消散了，請不要自責，也不要哭泣。
請帶著我與妳美好的回憶繼續活下去。
謝謝妳，我不後悔。

黔川哥你的要求也太困難了……
我怎麼可能不哭泣呢？
但我會讓你用最美好的方式繼續活在我的回憶之中。
謝謝你。

【終章】

我在冥府當心理諮商師

第四次內境與冥府大戰持續了三個月後，以雙方簽署和平條約告終，開啟內境與冥府合作關係的新紀元。

而第四次大戰中，堪稱戰況轉捩點的事件，便是向來防守為主的冥府方在拯救俘虜的過程，一擊將內境東方第二分部夷為平地。由於當天在場的內境人士被嚇得許久都說不出話，無法形容當天的狀況，因此後人稱之為「緘默事件」，大有嘲笑意味在。

是的，夷為平地。顯然那個夜晚蒼藍不只毀了內境分部周邊的空地，連充當幌子的博物館都被炸得粉碎。但我們的注意力全放在蒼藍身上，根本沒人會去理會不遠處的博物館還不在。

而一般科學家對於一道雷擊能把博物館劈成碎片外，方圓一百米的地面盡數龜裂這神奇的異象產生極大的興趣，「慘遭天譴的博物館」成了網路的熱門話題好幾天。

某個不具名的關係人士說：「災後處理讓內境去用啦！我才不做這種耗費心力的事情。」

就這樣，第四次大戰落幕了。

停戰後的三個月，冥府與人界的交界處有個商圈在冥官與內境人士的見證下開幕。覆蓋大門匾額的紅色布條被揭下，正式向內境與冥府昭告這個象徵和平交流的商圈大名。

這個商圈，喚名「黔川」。

「姊姊，妳快點啦！全部人都在等妳。」

「別吵！你以為我像你們一樣腿很長嗎？」我氣喘吁吁地跑到大舞台前，此時冥府十殿殿主包括蒼藍、昱軒、曉蕾妹妹還有當天出動救我的冥官都在對我招手。

「佳芬！」

「簡小姐，這邊這邊！」

我走到昱軒為我留的位子站定位，昱軒立刻對我調侃道：「真的只有妳有本事讓十殿殿主等妳。」

「對不起齁！我都說了你們不用等我……我也不知道今天科會會開那麼久啊！」眼見離大合照時間越來越近，我的心情也很焦躁啊！而且——

「而且如果不是某人把傳送的法器設計得那麼複雜，我根本不會遲到好嗎！」

作為傳送法器的製作人，蒼藍馬上跳出來說：「我是怕妳誤觸，所以保險機制做得很嚴實好嗎？」

「你甩了一張紙條給我，上面寫著『請用星之海魔法少女第三季最後一集紅色星星的變身手勢啟動傳送』。靠夭你以為我有看那麼熟嗎！」

想來蒼藍將裝有法器的盒子與啟動說明書給我的時候，我還不以為然地丟在客廳茶几上。剛剛回到家打開盒子的時候，看到完全仿造星之海魔法少女的變身手環時，我就氣到血

壓升高至一百八，見到啟動說明書時更是差點吐血身亡。

「那個變身手勢很經典耶！看過就應該能夠輕鬆記住吧！」

「自己說你欠不欠揍？給我過來！」這傢伙真是令人好氣又好笑，如果不是在大庭廣眾，我還真想舉起拳頭揍下去。

「佳芬，內境人士在看……」昱軒十分理解我心裡的想法，在我氣到失去理智前連忙聚集起形體想要攔我。

「嘿嘿，佳芬姊今天打不到我！」

「昱軒，你怎麼護著他啦……他又不是你家殿主。」我不滿地抱怨道。

「我怎麼可能為他著想，這是為了妳的形象啊……」

「喀擦喀擦……」

「佳歡，不準偷拍！我現在超醜，給我刪掉！」

「不會啊，我覺得滿好看的。」佳歡看著相機，滿意地說。

「好啦佳芬別鬧了，留給蔚一個面子。我們趕快拍完團體照，妳才能去諮商小屋那邊。聽說今天被約滿了不是嗎？」楚江出聲勸架道，宋帝與平等也一併下來勸我冷靜，我才放過蒼藍，面對鏡頭。

「大家站定位喔！準備——」

「不好意思，請問需要化形嗎？」一名冥官舉手問攝影師道，佳歡眼睛仍盯著相機螢幕，嘴巴說道：「不用喔！現在請各位殿主冥官們站定位，一、二、三——」

拍完這張算是慶祝我有被成功從內境手中救回的團體照後，其他冥官自動往台下退，就連宋昱軒也沒有多加逗留。

我正要跟著自家助理離開時，閻羅叫住了我。

「怎麼了？接下來應該是殿主大合照——啊！我想起來了。」卞城默默地把我拉到他與閻羅之間。此時我的左右手各有五位殿主哥哥……不對，是右邊有五位殿主哥哥，左邊有四位殿主哥哥外加蒼藍。

離舞台邊最接近的輪轉從站在台下的主持人手中接過麥克風，遞到閻羅手中。雖然我知道接下來要宣布的事項內容，但我還是有點緊張。

從今天開始，一切都會不一樣，再也無法回頭了。

舞台下有許多我認識的冥官，昱軒、築今、曉蕾妹妹、雅棠、祐青祐寧兩姊妹，甚至是因為怕嚇到內境人士所以站在稍遠處的黑白無常……他們都用眼神無聲地鼓勵著我、支持著我。

五官用著台下的人聽不到的音量對我溫柔地說：「別緊張，有我們在。」

是啊，有他們在，所有人都在。就算黔川哥消散了，他也一定在某處欣慰地看著吧？只是那個「某處」在哪裡仍是未知。

但我確定黔川哥、宋孜澄、唐詠詩等所有消散的冥官會長存在我心中。

閻羅往前踏一步，對所有觀禮的內境人士介紹道：「這位是簡佳芬，冥官們都稱呼她為『簡小姐』。她是一名有陰陽眼的人類，也是我們冥府唯一的心理諮商師。雖然不是殿主，但還請各位給予她與殿主同等的禮遇。」

面對爆炸性的消息，穿著現代服裝的內境人士們一時詫異得不知道該怎麼反應，全場鴉雀無聲。

觀禮的冥官當中，由昱軒起頭拍手，從一人的掌聲到零星的鼓掌，逐漸變成全體歡呼。

「簡小姐、簡小姐——」

「謝謝簡小姐——」

「簡小姐，我想妳的掃把了——」

……這群冥官真的是抖M，只希望內境不要以為冥官都是這副模樣。

雖然表面上困擾得扶住額頭，但我內心還是很開心。

我能夠活著回來，再次看到冥官們實在太好了。

佳歡再次抬起照相機，高聲說道：「好啦，大家看這邊喔！一、二、三——」

大合照環節結束後，我從後台離開時，秦廣湊到我一旁打轉，「佳芬，今天諮商結束後有空嗎？來我的青樓喝酒吧！我連餘興節目的藝妓都準備好了喔！」

「喝酒是可以……但可以不要在青樓嗎？」我其實沒有很喜歡近距離表演的那種感覺，那會很有壓迫感吧？而且有外人在總會有一層顧慮。

此時老董擋在我跟秦廣之間，「我跟宋帝都跟你說過不要帶佳芬去青樓了，她又不喜歡那種地方。還有你離佳芬遠一點，變態是會傳染的。」

「老董別這樣嘛，我只是想帶佳芬看看我的心血。」秦廣對邀請我去青樓晃晃沒有強求，倒是回到喝酒敘舊上：「所以佳芬今天有空喝酒嗎？老地方？」

「可以啊！但我十二點就要走了。我跟雅棠有約。」

「喔？也是喝酒嗎？」

「嗯……算是吧！」

遵守約定，與雅棠一起打開報告書的同時旁邊配一壺酒，這樣也算喝酒吧！

「抱歉兩位殿主，諮商小屋的營業時間要開始，我得帶佳芬離開了。」昱軒此時岔進對話，便把我帶往新的諮商小屋的方向。

我關上諮商小屋門板時，差點就虛脫得癱在地上。

「妳今天好像更受歡迎了，沿路一堆冥官在跟妳打招呼。」

「不就幸好你還有幫我打發掉一些，不然真的好多人——嗯？你把彥霓和亞繪送我的花束都拿過來了？」

醫師初次門診或診所剛開幕時會有人送花祝賀。雖然我不是醫師，但是她們兩人聽到我的諮商小屋要搬到黔川商圈時，兩人都不約而同送了我一大束花。

「對啊，想說擺點花點綴一下，讓諮商小屋看起來不要那麼沉悶。」昱軒從助理桌子上那一疊諮商紀錄拿出最上面的一本，放到我手中，「來，這是今天的第一號。」

「是誰——啥……是蒼藍，我不要第一個看他。」我嫌棄地說。他明明可以自己跑來我家幹嘛一定要來諮商小屋進行諮商啦！

「妳又想跳號？」

「是的沒錯。」我從諮商紀錄中隨機抽一本——嗯，是想問人際關係的，這個好像不錯。

「算了……我出去解釋，反正冥官們也習慣了。」昱軒走出去的同時，順便把那位被我抽選到的幸運冥官請進來。

我看著他，開口就是一貫的心理諮商起手式：

「你好，今天為什麼要來找我諮商呢？」

（我在冥府當心理諮商師　完）

【番外】

死腦筋

他知道這麼做有點對不起佳芬，但他還是允許了某個被佳芬列為「拒絕往來戶」的約診。她一定會爆氣。作為冥府心理諮商師簡佳芬的助理已兩年有餘，從她大二跟到現在大學都快畢業了，他當然對佳芬的個性和脾氣瞭若指掌。她表面上看似火爆的舉止和不饒人的語氣，其實內心是很溫柔善良的一個人。每句狠話都是以個案為中心著想，有時看她把病人罵到哭出來，事後又再懊惱是否做得太過頭時，那個模樣也是挺可愛的。

所以他的心裡只能對佳芬說聲「對不起」，然後把下一個個案的諮商紀錄遞到佳芬面前。

「這個是被狗啃過嗎？為什麼——」她看到諮商紀錄的主人姓名欄時立刻原地爆炸了，對著他怪吼怪叫道：「為什麼你把他黏回去？我上次不是把沈判官這本撕得稀巴爛了嗎！我可是撕碎得比碎紙機還徹底耶！只差沒丟進火山地獄燒成灰了！」

「我那天撿起來，無聊的時候就當拼圖拼回去了。」

「我找事情給你做，你就不要做這種多餘的事情了！」

他假裝沒聽見，走去為個案開門。

「宋昱軒，不准開門——」

「佳芬——我好想妳啊！」一個穿著深綠色袍子的人不等他拉開門扉，僅僅只是轉動門鎖的當下就撞開大門，向他的冥府心理諮商師飛撲而去。

他拗不過這傢伙的強烈要求允許他掛號是一回事，但他可不允許任何人對佳芬毛手毛腳！在佳芬還來不及反應過來前，他伸手一扭一帶，把個案壓制在地上。就算沈判官怎麼嚷嚷著放開他，他也不會輕易鬆手，手上的力道反而越來越緊。

一開始被嚇到的佳芬僅僅只是瞪大雙眼，很快就收斂自己的面部表情，擺出一副不可一世的女王態度，雙手抱胸居高臨下鄙夷地看著沈判官，冷冷地說：「你還敢回來啊？我以為我上次已經講得很清楚了。」

「佳芬，我是真的——」

「閉嘴，叫我『簡小姐』。」佳芬的語氣更加寒冷了，「我跟你之間只有諮商師和個案的關係……自從上次你說出那種話之後，這層關係更是煙消雲散！」

「但是，佳芬，我真的喜歡妳……」

佳芬馬上用道理「嘗試」打消沈判官的念頭，「沈判官，你只是對我的心理諮商產生依賴，讓你錯以為這就是喜歡。」

「佳芬，妳不要這樣，別人都說『女生話要反著聽』，所以妳也是對我有感覺的——」

「昱軒，把說這句話的人給我殺掉！」

……他是要上哪找出說這句話的人？對於佳芬的氣話，他早就見慣不慣了。而且，人是他放進來的，他還是安靜地制伏地上仍在掙扎的沈判官，免得佳芬火起來時，他就得挨揍了——他活該就是了。

沈判官的耳朵自動過濾掉別的聲音，接著眨著含情脈脈的雙眼對佳芬深情喊話：「如果我堅持夠久，妳一定會被我感動的！我是冥官，我有永遠的生命可以等妳。」

佳芬則是直接大吼回去，「就因為你是冥官，所以我們之間更不可能！」

聽到這裡，宋昱軒能感受到自己屏住了呼吸——明明他很久以前就不再需要呼吸了才對。

「你是死人，我是活人。我會老會死，而你們不會！就算我回應了你的告白，你也只會眼睜睜地看著我死去，說不定還會在殿主的審訊中看到我，親手把我送進十八層地獄或輪迴，又或者是在十八層地獄對我施以酷刑。你接受得了嗎？你能夠接受人類老去的樣貌嗎？更該死的是，人類的一生對你們來說都只是短短的幾十年！更不用妄想我死後能成為冥官繼續陪你，你們自己甚至沒搞懂冥官是怎麼誕生的！」

佳芬口中殘酷的現實讓沈判官縮了一下，他故作委屈地說：「我只是想要談一次戀愛，身為我的心理諮商師，妳連這個都無法成全我嗎？妳不是應該要解決我的煩惱嗎？」

聽到這一句話，佳芬的怒火瞬間飆到最高峰，說出來的語氣反而沒有比剛剛激動，「如果你是為了談一次戀愛向我告白，而不是因為愛我而向我告白，那就說明了你根本沒有愛人的權利。你甚至不明白『愛』是什麼。」佳芬一屁股坐回轉椅上，背對他與沈判官發號施令道：「昱軒，送客。」

他鬆開箝制住沈判官的手站起身。眼見沈判官還想要靠近佳芬，他稍微拔劍亮出鋒刃，警告意味十足。

饒是沈判官，面對他的武力警告也只能退怯。沈判官整理方才情緒激動而凌亂的衣裳，說出來的話大概是他們這幾次諮商聽到最沉穩的話，說不定他也有點惱怒了。

「佳芬，妳不曾愛過人，不要自以為是的批評我不懂得愛情。我會再來找妳的。」

被示愛的人類女子不屑地「哼」了一聲，又重複了一次，「叫我『簡小姐』，我跟你只有心理諮商師和個案的關係。」

沈判官離開之後，他才把劍收好，「我回頭還是請五官王管好他家的判官好了，沈判官這樣對妳死纏爛打對妳也是有點危險……佳芬？」

佳芬沒有說話，異常的安靜。心下輕嘆一口氣，手伸長搆到轉椅，將躲在厚重椅背之後的人類女子轉向他。

他所服侍的冥府心理諮商師，他所奉命保護的對象此時正無聲的哭泣。這裡是位於冥府的心理諮商小屋，靈魂狀態的佳芬沒有眼淚可流，但她所表現的悲傷還是讓人憐惜。

他柔聲地問道：「怎麼哭了呢？」這種時候還是不要拘泥細節了。

「停診……剩下的全部取消，我今天不想看了……」

「廢話，妳哭成這樣，我當然會停診——唔！」

簡佳芬突然抱上來，雙手環住他的腰，將臉埋在他的胸口哭得稀里嘩啦，完全沒意識到靈魂無法流淚，僅僅就只是發出哭聲。

低頭望著胸前的人類女子，宋昱軒只能抬起手，輕拍她的背。

雖然佳芬沒說，但他何嘗不知道佳芬在哭什麼呢？

他都跟在她身邊兩年了啊……

他何嘗不知道佳芬對自己有超越「朋友」的情感呢？

但他無法回應啊……誠如佳芬所說的，他是冥官，不會老去、永生不滅的靈魂。他只會眼睜睜見證她的臉上增添皺紋、頭髮染上灰白……然後軀殼變成一壇骨灰，靈魂則進入冥府接受審訊。

他承受不住，他一定承受不住自己得在冥府看到曾經深愛的女人進入殿主審訊的過程。

所以上個月佳芬對他告白時，他以「把她當妹妹」這種爛理由回絕了。

至少要讓佳芬放棄他，不要浪費時間在他身上。人類的壽命很短暫，佳芬應該把握那一點風華歲月，活出精彩的人生，遇到一個能與她相伴終老的伴，待她不再有力氣含飴弄孫之時，他再陪同黑白無常去接她，確保她的最後一程沒有任何病痛……

這樣對佳芬才是最好的，對吧？

他不禁想起宋孜澄對他說過的話：「你真的很死腦筋耶！不是一句老話叫做『不在乎天

長地久，只在乎曾經擁有』嗎？這年頭同性都能結婚，殿主們都能認人類乾妹妹了，為什麼你不能交個人類女朋友？你與她的差別就只有她會變老你不會而已。」

為什麼？

因為他捨不得佳芬受傷。他捨不得佳芬因為生老病死這種無法改變的事實傷心煩惱，捨不得佳芬因為無法永遠陪著他陷入深深的自責……

他希望佳芬幸福，但是跟他這名冥官共渡餘生是不會幸福的。

從頭到尾，他最不想傷害的就是現在埋在他胸前哭泣的女子。

所以在傷害擴大之前，他得先做出一定的犧牲。然後以助理兼護衛的名義，再加上一顆「疼愛妹妹的心」守護這名女子的一生。

至於現在……他一手摟住佳芬的腰，一手輕拍她的頭。

在這間沒有旁人的冥府諮商小屋裡，請容許他自私這麼一次。

（番外　死腦筋　完）

後記

各位看官們好！這裡是雙慧！

沒錯，實體書唯一一次看到後記就是全書大完結的時候啦！

恭喜《我在冥府當心理諮商師》真的大完結啦！如果不是有得獎和出實體書的壓力，講實話我應該不會寫這麼快。但各位看官不要誤會，我這並不是抱怨，而是很感謝有這些因素督促著我的產文速度。不然以我工作後的產文速度，第四部沒有意外應該會一年後才寫得完（嘆氣）。我真的要謝謝當年 Kadokado 百萬小說大賞的評審選擇了這部一點也不典型的奇幻作品作為輕小說組的銀賞。也以此為契機讓我這個長年默默耕耘的文手獲得了實體出版的機會。另外也要感謝我敬愛的喬編輯，不管是寫作還是內容上都給了我很大的自由發揮空間，更給了我足夠的篇幅好好說完佳芬的故事，讓我能夠將整部故事的節奏和情緒堆疊到我所期望的高峰，然後再用一個帥氣到爆炸（字面意義上）的方式華麗收尾。我也真的要感謝喬編給了很好的建議，才會有這個跟網路版本出入極大，但我覺得情緒更完整的大結局得以獻給看官們。

同時我也要感謝繪師肚臍毛每次都能通靈出這麼好看的封面。雖說每次的構圖和發想是由我提供，但肚臍毛就是能夠把我原本不怎麼樣的構圖想法變成一幅精美的畫。能夠有她為我繪製封面我真的很幸運。

當然我絕對不能忘記感謝的還有一直陪伴我的看官們。真的是有你們的收藏、閱讀、留言和催稿（笑）才能讓這個故事撐過初期還在尋找定位的摸索期，成功抵達完結的那一刻。有你們這些看官我真的很幸福。

就如我前面所說的，《我在冥府當心理諮商師》是一部很不典型的奇幻作品。主角年紀偏大之餘，還用了大量的文戲帶出冥府與內境兩方戰爭的開端到結束。明明是奇幻／靈異作品，魔法大戰場景少得可憐，每隻鬼還都沒有很可怕——甚至都被佳芬用掃把壓著打。然後時不時就在討論生死、人際關係等這種嚴肅議題……

我就問一句，當初我到底哪根筋不對寫出了一部奇幻＋靈異＋現代社會＋醫療的大雜燴輕小說，還寫了四十萬字（震驚）！而且，別看《我在冥府當心理諮商師》最後洋洋灑灑寫了四十萬字，我初期根本沒有打算寫成長篇的啊！

最一開始，佳芬的原型取自於我寫的同人文當中的一個原創女角。她也是個專門諮商某「大魔王」的無牌心理諮商師。有天我突發奇想，覺得把她抽出來獨立寫一個原創故事應該很有趣。一開始以單元劇的方式甚至是因為我的課業和工作只會越來越忙碌，所以就選了容

易掌握節奏還不需要特別去記前後因果關係的單元劇作為呈現方式。所以，最初我真的只想要寫佳芬花式爆打執迷不悟的冥官的歡樂喜劇向故事，連主線劇情都沒有規劃。寫著寫著，看著設定覺得好像可以拉成長篇。於是乎就開始思考結局怎麼收尾。第一、二部幾乎都是亂寫，想到什麼就寫什麼，然後視情況塞一點點主線線索在諮商之間的角色對話中，第三部戰爭開打之後才認真畫時間線審慎地規劃劇情。如何帶出佳芬的過去？如何暗示佳芬喜歡昱軒？如何暗示昱軒隱藏的實力和身分？如何帶出殿主是靠消散傳承的伏筆？如何強烈提示蒼藍連人類都不算？在這麼多伏筆下，更是如何在真相攤開時，不變成解釋性劇情。第三部收在佳芬身體與心靈都遭遇創傷的事件之後，第四部用前面的篇幅描述佳芬在受重創之後，如何一邊掩飾、一邊想辦法治癒自己的心靈。而後半部則是一個復原期的部分，到最後在舞台上接受冥官們高喊「謝謝簡小姐」，並重新開張諮商小屋，與許多其他的小細節（歡迎看官們努力找），都象徵了佳芬已經度過了傷痛。

我不是設定控，但絕對是埋伏筆控。所以讀到這裡的看官們，記得從第一本重頭看一次，會有不一樣的體驗喔！

講到伏筆，我一定要來說一下我們第一男主角宋昱軒他生前的身分！各位看官有看出來他生前是誰了嗎？沒錯，就是南唐後主李煜。先聲明，我並不是因為他的詩詞才選擇了他，而是因為他那比小說還要精彩的生平才將他拉進來自己的故事裡頭。他是一個很悲情的皇帝耶！完全就是生錯地方的最佳代表。不僅如此，我也好奇這些歷史人物穿越到現代，看著自己的歷史評價會有什麼感想。

至於蒼藍部分的伏筆……我只能說第三部的番外《百年前》連蒼藍一半的過往都沒說完。我也極其希望有一天能夠寫出蒼藍的起源故事……說不定那天並不遙遠？（神祕笑）

在不小心寫太長前，後記就先收在這邊啦！《我在冥府當心理諮商師》也在此正式告一段落了。會不會有其他延伸作品呢……我只能說看官們可以期待看看～因為這個世界觀我還有很多想寫的故事等著我將腦中的畫面化為文字。

以上！喜歡我的文字或作品歡迎追蹤我的ＦＢ粉專或噗浪，又或者留意我的角角者頁面，才不會錯過最新的作品消息喔！

各位看官我們下次見！（揮手）

臉書粉專：雙慧　^^^正經貼文專區

噗浪：@angieareen ^^^垃圾話居多．慎入

角角者：雙慧　^^^主要貼作品的地方

作　　者＊雙慧
插　　畫＊肚臍毛

2024 年 4 月 25 日　初版第 1 刷發行

發 行 人＊台灣角川股份有限公司
總　　監＊呂慧君
編　　輯＊喬齊安
美術設計＊林慧玟
印　　務＊李明修（主任）、張加恩（主任）、張凱棋

台灣角川

發 行 所＊台灣角川股份有限公司
地　　址＊104 台北市中山區松江路 223 號 3 樓
電　　話＊（02）2515-3000
傳　　真＊（02）2515-0033
網　　址＊http://www.kadokawa.com.tw
劃撥帳戶＊台灣角川股份有限公司
劃撥帳號＊19487412
法律顧問＊有澤法律事務所
製　　版＊尚騰印刷事業有限公司
I S B N＊978-626-378-787-2

國家圖書館出版品預行編目資料

我在冥府當心理諮商師 / 雙慧作 . -- 初版 . --
臺北市 : 臺灣角川股份有限公司 , 2024.4-
冊 ;　公分

ISBN 978-626-378-787-2(平裝)

863.57　　113001933